W0177219

EUGEN REICHL

WIR HABEN EIN PROBLEM

STORYS AUS DER RAUMFAHRT

EULENSPIEGEL VERLAG

INHALT

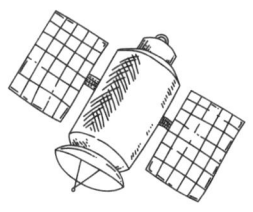

PROLOG

Freitagabend, 5. September 2003, gegen 19 Uhr. Pete Crashwell warf einen letzten Blick auf sein »Baby«. Es war der Blick eines übermüdeten, aber stolzen Vaters auf den anstrengenden Sprössling, der ihn keine Nacht zur Ruhe kommen ließ. Dieses Baby war der Hightech-Wettersatellit der nächsten Generation NOAA-N Prime. Sechs Meter hoch, drei Tonnen schwer und so teuer wie sein Gewicht in Platin und Edelsteinen: 275 Millionen Dollar.

Nach einem langen Arbeitstag stand jetzt das Wochenende vor der Tür. Das heißt, *eigentlich* stand es bevor und für manchen vielleicht, aber nicht für Pete Crashwell. Bei Lockheed Martin Space Systems in Sunnyvale, Kalifornien, brummte der Laden in diesem Spätsommer 2003. Ein normales, ungestörtes Wochenende war da Glückssache.

Pete trat aus der Garderobe des Reinraums in die Eingangshalle des Montagegebäudes. Er kramte in der Hosentasche nach seinem Dienstausweis und hielt ihn an das Zeiterfassungsgerät. Ein kurzes »biep« bestätigte den Vorgang. Dann trat er hinaus in den lauen Sommerabend. Ein paar Schritte noch bis zum Drehkreuz, das ihn aus dem Firmengelände entließ, dann überquerte er die Straße zum Parkplatz. Pete schlurfte zu seinem Wagen, öffnete die Tür, setzte sich hinein, fingerte verdrossen nach dem Anschnallgurt und ließ den Motor an.

Mist aber auch. Morgen in aller Frühe musste er schon wieder rein. Am Samstag. Zur Sonderschicht. Aber jetzt erst mal heim auf ein kaltes Bier.

Gleichgültig nahm er zur Kenntnis, dass Jack Negligent auf den Parkplatz fuhr, sein Kollege aus der Nachbarabteilung. Er erkannte ihn trotz der beginnenden Dämmerung sofort an seiner 67er Corvette. Naja, dachte er, da hab ich noch direkt Glück gehabt. Der arme Kerl hat Nachtschicht.

GROSSE TRÄUME

34 Jahre, einen Monat und 17 Tage bevor Pete Crashwell die Überschuhe auszog, seine Papierhaube in den Abfallkorb warf, den Reinraummantel in den Spind hängte und damit seinen Arbeitstag beendete, schlich Mama leise in mein Zimmer. »Komm mit ins Wohnzimmer«, flüsterte sie. Und als sie bemerkte, dass ich wach war, etwas lauter: »Sie steigen früher aus.« Nicht dass ich bis dahin viel geschlafen hatte, in dieser Nacht vom 20. auf den 21. Juli 1969. Die Landung der Apollo-11-Astronauten sechs Stunden zuvor war mehr als aufregend gewesen.

Vier Stunden später lag ich wieder glücklich und mit heißen Wangen im Bett (an Schlafen war sowieso nicht mehr zu denken, denn es war schon heller Morgen) und träumte von den aufregenden Raumfahrtereignissen, die ich zukünftig miterleben würde. Das Mindeste, mit dem ich bis in meine reiferen Jahre rechnete, waren ein bemannter Flug nach Alpha Centauri und der Erstkontakt mit den Außerirdischen. Die Schritte dahin waren klar vorgezeichnet: 1980 am Mars, 1990 der Jupitermond Europa, 2000 am Pluto und danach ab zu den Sternen.

Ich hatte diesen Zeitplan von einem Experten. Also zumindest für den ersten Schritt, den bis zum Mars. Kein Geringerer als Wernher von Braun hatte mir das versprochen. Nicht mir persönlich, aber den

Zuschauern an den Fernsehgeräten, zu denen ich gehörte. Von Braun wurde in den Tagen der ersten Mondlandung pausenlos interviewt. Er war bekanntlich der größte Raketenkonstrukteur aller Zeiten (die Sowjets waren komplett anderer Meinung, aber deren gute Gründe kannte ich damals noch nicht) und daher für mich unfehlbar. 1980 landen wir auf dem Mars, sagte er. Die Sache war für mich geritzt.

In diesen Tagen kannte ich die Namen der Raumfahrzeug-Besatzungen alle auswendig. Ich und mein Schulfreund Thomas Nicolai. Diskussionen über die Astronauten waren unsere liebste Beschäftigung auf dem Schulhof. Das lag unter anderem daran, dass es bei der NASA zwei Astronauten gab, die unsere Vornamen hatten. Eugene Cernan und Thomas Stafford. Eugen sprach man als »Jutschien« aus, und bei Thomas konnte man das »th« gut üben. Bei Thomas und mir klang das wie feinstes Astronauten-Amerikanisch. Thomas Stafford und Eugene Cernan flogen zusammen sogar zwei Missionen, das war die absolute Krönung. Und wir flogen auf dem Pausenhof des Rosenheimer Ignaz-Günther-Gymnasiums mit.

Jeden Tag malten wir uns die Zukunft im Weltraum aus. Mit uns beiden als weltberühmten Astronauten und den Erfindungen, die – wir waren uns ganz sicher – in den nächsten Jahren gemacht werden würden. Wir erfanden das Ganze schon mal voraus, um die Zeit bis dahin abzukürzen. So schickten wir unsere Astronauten in einem »Derrsin-Stasis-Feld«[*] nach Alpha Centauri,

---

[*] *Benannt nach James Derrsin, dem weltberühmten, aber völlig unbekannten Erfinder (googeln zwecklos), den wir selbst erfunden hatten. Neben dem*

damit sie die langen Reisezeiten so überstanden, dass sie bis zu ihrer Ankunft keine Minute alterten. Wir dachten uns völlig neue Antriebe aus und wunderten uns, dass die NASA nicht schon längst damit arbeitete. Weithin unbekannt ist beispielsweise, dass das Konzept des atomaren Pulsdetonationsantriebs von Thomas Nicolai und mir stammt.**

Aber alles konnte auch die NASA im All nicht abdecken. Für die wirklich großen Dinge war unser zweiter Mann im Weltraum zuständig: Perry Rhodan, der terranische Großadministrator, dessen Abenteuer schon seit 1961 erscheinen. Dass der Mann aus heutiger Sicht politisch völlig untragbar wäre (imperialistisch, chauvinistisch, autokratisch, Fleischesser und beim Einparken auf dem Raumhafen immer mit Vollgas unterwegs), war mir damals nicht mal ansatzweise bewusst. Aber selbst wenn, es hätte mich kaum gestört.

Perry Rhodan beeinflusste meine Schullaufbahn wesentlich, wenngleich temporär eher negativ. Zwei weitere Klassenkameraden von mir, Gerhard und Angelika (supercool: ein Mädchen, das sich für Science Fiction und Raumfahrt interessierte, ich war hin und weg), waren ebenfalls Perry-Rhodan-Fans. Seine Abenteuer erschienen damals wöchentlich mit drei Heften, weil

---

vielseitig einsetzbaren Stasis-Feld stammt von ihm (also von uns) der Tachyonenfeldgenerator, der kombinierte Telepathiereceiver- und Telekineseemitter und eine Vorrichtung, an deren Funktionsweise ich mich heute bedauerlicherweise nicht mehr genau erinnern kann, mit der man aber sowohl mit den Toten als auch mit den Ungeborenen kommunizieren konnte.

** *Um ganz ehrlich zu sein: Die Idee des atomaren Pulsdetonationsantriebes stammt eigentlich von der NASA. Wir fanden sie aber so gut, dass sie auch von uns hätte sein können.*

parallel zur Neuerscheinung zwei Nachauflage-Zyklen liefen. Die musste ich allesamt in der Schule lesen, denn meinen Eltern kamen solche »Schundhefte« nicht ins Haus. Am Ende hatten sie die Konsequenzen zu tragen; in jenem Jahr fiel ich durch und musste die Klasse wiederholen. Das kam daher, dass ich Perry Rhodan stets im Lateinunterricht las. Latein hatten wir jeden Tag der Woche, und unser Lehrer pflegte die unsichtbare Demarkationslinie zwischen dem Lehrerpult und der ersten Bankreihe nie zu überschreiten. Ich saß in der letzten. Der Accusativus cum Infinitivo blieb mir deswegen für immer ein Rätsel, und dass ich die Schiffsstärke von Perry Rhodans Raumflotte bis zum letzten Beiboot kannte, glich das nicht wirklich aus. Perry Rhodan brauchte kein Latein, ich aber schon. Er brauchte sich überhaupt nicht mit Sprachen abzugeben, der Glückliche, denn er verfügte über einen arkonidischen Translator, der alle Idiome der Galaxis in elegantes Terranisch, also Englisch, übersetzte.

Mit den Jahren verflogen meine Träume langsam. Nach meiner »Ehrenrunde« war ich nicht mehr in derselben Klasse mit Angelika, und Wernher von Braun enttäuschte mich tief. Das war mir eine Lektion fürs Leben, denn seither weiß ich: Prognosen sind besonders dann schwierig, wenn sie die Zukunft betreffen.

Nach Kennedy interessierte sich kein amerikanischer Präsident mehr wirklich für die Raumfahrt. Die Russen waren froh darüber, weil sie eigentlich auch nicht viel damit am Hut hatten und endlich diesen Wettlauf mit den Amis einstellen konnten. Die Europäer beschäftigten sich schon damals ausschließlich mit ihren politischen Debattierzirkeln. Die Deutschen betrachteten die Sache wie immer unter dem Kosten- und Nutzenaspekt, und China war noch nicht so weit. Selbst der Mars, der mir doch so sicher schien, rückte in immer weitere Ferne. Nichtsdestotrotz bin ich später nach einigen Umwegen in der Raumfahrt gelandet und versuche seither, mein kleines Scherflein dazu beizutragen, dass wir vielleicht zu meinen Lebzeiten doch noch eine bemannte Marslandung schaffen.

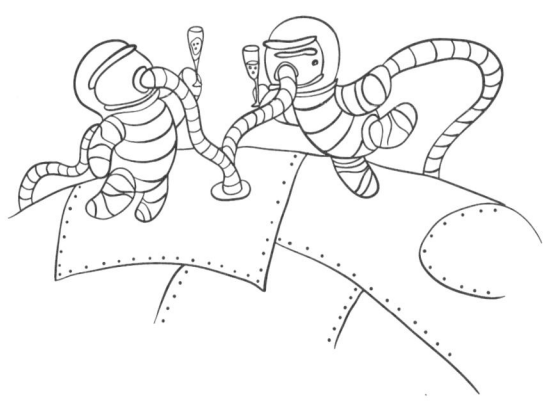

DREH DAS DING
DOCH MAL UM, JOE

Samstagmorgen, 6. September 2003, gegen 6 Uhr. Gäh-
nende, noch etwas verschlafene Menschen tröpfelten
nach und nach in die kleine Küche neben dem Eingang
zum Reinraum, holten Tassen aus dem Schrank und rühr-
ten Milch, Kaffee und Zucker zusammen. Pete Crashwell
rieb sich den Nacken. Ihn plagte eine ungute Kombination aus Verspannungen und Kopfschmerzen. Die Nacht
war schlecht gewesen. Zuerst der Streit mit der Freundin,
weil das gemeinsame Wochenende platzte, dann wurden
aus den ein oder zwei Bierchen fünf oder sechs.

Pete beteiligte sich nicht an der Unterhaltung in der
Kaffeeküche. So früh am Morgen war ihm grundsätzlich
nicht nach Reden und heute schon gar nicht. So ging er
hinüber in den kleinen Umkleideraum, zog sich seinen
»Bunny-Suit« an, wie die Techniker ihre Reinraumanzü-
ge auch nennen, und passierte die Schleuse. Im weiß-
getünchten Reinraum warf er einen flüchtigen Blick auf
sein »Baby«. NOAA-N Prime stand noch genauso da,
wie er ihn vor zwölf Stunden verlassen hatte. Fixiert
auf dem Turn-over Cart, einem Dreiachsen-Drehtisch,
der dazu dient, den Satelliten so zu positionieren, dass
man bequem daran arbeiten kann. Damit er beim Dre-
hen und Wenden nicht herunterfiel, war NOAA-N auf
diesem Tisch mit 24 Bolzen fixiert.

Normalerweise.

Auf dem kleinen Arbeitstisch an der Hallenwand lag eine Mappe mit einer Montageanleitung. Vom Vortag war noch die Seite aufgeschlagen, die das Laden der Batterien beschrieb. Okay, an dieser Stelle ging es also weiter. Eigentlich sollte jetzt Frank Warden hier sein, von der Quality Assurance, also der Qualitätssicherung, und ihm schriftlich die Freigabe für die nächsten Prozessschritte geben. Aber den hatte Pete eben noch in der Küche gesehen, wie er die Resultate des Football-Spiels vom gestrigen Abend diskutierte. Egal, die Freigabe würde er sich hernach unterschreiben lassen. Der Zeitplan drängte.

Nach dem flüchtigen Blick in das Dokument wedelte Pete Crashwell mit der Hand hinüber zu seinem Kollegen Joe Operator, der sich schon an der Fernbedienung für den Drehtisch zu schaffen machte, gähnte noch einmal herzhaft und meinte: »Also weiter mit der Batterie. Dreh das Ding doch mal um, Joe.«

Und Joe tat, wie ihm geheißen. Er drückte ein paar Knöpfe, Stromkreise schlossen sich, ein Elektromotor summte, der Drehtisch setzte sich in Bewegung und begann langsam zu rotieren ... und dann wurde ein Albtraum jedes Raumfahrtingenieurs wahr: Der Satellit rutschte langsam an die Kante der Plattform, verharrte dort einen Moment, kippte vornüber und krachte eineinhalb Meter tiefer auf den Hallenboden. Ein Raumfahrzeug im Wert eines Ozean-Liners hatte nur noch Schrottwert.

Wie um alles in der Welt konnte das passieren? Wie so häufig ist die Ursache trivial. In der Nachbarhalle sollte ein DMSP-Satellit auf einem ähnlichen Drehtisch montiert werden. Die DMSPs, militärische Wettersatelliten der US-Luftwaffe, waren NOAA-N konstruktiv sehr ähnlich. Dummerweise hatte irgendjemand beim DMSP-Satelliten die Sicherungsbolzen für den Drehtisch verlegt. Kein Problem, dachte sich Jack Negligent: Im Reinraum nebenan steht ja NOAA-N, und da sind die Kollegen schon im Wochenende. Hatte er nicht gerade selbst an der Parkplatzeinfahrt Pete Crashwell nach Hause fahren sehen? Jack kam also rüber, schraubte die Stifte bei NOAA-N heraus und in seinen eigenen Drehtisch hinein. Dann notierte er sich sorgfältig, die Stifte am Sonntag, nach Ende seiner zweiten Wochenend-Nachtschicht, zurückzubringen.

Dumm gelaufen.

Raumfahrttechnik genießt den Ruf, höchste technische Standards mit äußerster Fertigungspräzision, Arbeitsdisziplin und überlegener Professionalität zu verbinden. Weltklasse an Qualität. Geniale Ingenieure. Und wenn's wirklich mal schiefgeht, dann nur, weil man sich an der Grenze des technisch Machbaren einen Schritt zu weit vorgewagt hat.

Das kann man getrost wieder vergessen. Die meisten teuren Fehlschläge in der Raumfahrt passieren nicht im unerforschten Grenzland zu einer neuen technischen Dimension, sondern ganz saublöd bei Alltagsbeschäftigungen. Sie passieren deswegen, weil auch dort nur Menschen wie du und ich arbeiten.

Auch den DMSP-Satelliten selbst scheint kein Glück beschieden, denn in diesen Tagen zerbricht einer nach dem anderen im Weltraum. DMSP Nummer

11, 12 und 13 sind inzwischen in Trümmerwolken von bis zu 150 Einzelfragmenten desintegriert. Allerdings, das muss der Gerechtigkeit halber konstatiert werden, erst nach mehr als 20 Jahren zuverlässigen Dienstes im Weltraum. Aber erst kürzlich gab auch eines der neueren Exemplare, nämlich DMSP-19, seinen Geist auf. Und das war erst zwei Jahre im Einsatz.

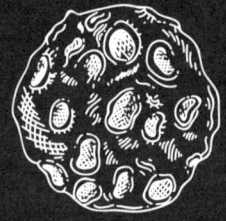

DEBAKEL ÜBER UTAH

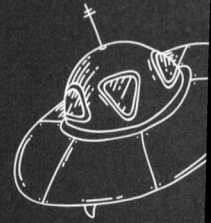

Es hätte der triumphale Abschluss einer Mission werden sollen, die drei Jahre lang nahezu reibungslos verlaufen war. So lange hatte die Raumsonde Genesis im Weltraum verbracht, 1,5 Millionen Kilometer von der Erde entfernt und damit jenseits der terrestrischen Strahlungs- und Magnetgürtel. Die Aufgabe des Raumfahrzeugs: sammeln von Partikeln aus dem Sonnenwind. Im April 2004 fuhr Genesis seine Kollektoren wieder ein und trat den Heimflug an, um die 264 Millionen Dollar teure Mission zu einem krönenden Abschluss zu bringen. Doch dann kam es ganz anders, denn auch hier hatten Pete Crashwell und Joe Operator ihre Finger im Spiel.

Am 8. September 2004 war der Tag des Wiedereintritts in die Erdatmosphäre gekommen. In einem spektakulären Manöver sollte der 205 Kilogramm schwere Probenkanister in Form einer kleinen fliegenden Untertasse über der US Air Force Utah Test and Training Range von einem Hubschrauber aus der Luft geborgen werden. Dieses unbewohnte militärische Sperrgebiet liegt bei den Großen Salzseen, gut 100 Kilometer westlich von Salt Lake City.

Genesis war im Juli 2001 in den Weltraum gestartet und hatte seitdem fast die gesamte Zeit am Librationspunkt 1 verbracht. Diese Position ist einer von fünf Orten im freien Raum in weitem Erdabstand, an denen sich die Schwerkraft von Erde, Sonne und Mond aufheben. Ein guter Platz, um ein Raumfahrzeug zu »parken« und wissenschaftliche Arbeit zu erledigen. Die fünf Kollektorpaneele der Raumsonde zum Einfangen der Sonnenwindpartikel blieben insgesamt 850 Tage lang geöffnet. Nun waren sie wieder in der Rückkehrkapsel verstaut, und Genesis befand sich auf einer komplizierten Rückkehrbahn zur Erde.

Der Flug der Sonde war von einiger Bedeutung für die NASA. Es war ihre erste sogenannte Sample Return Mission – also eine Probenrückführung aus dem Weltraum –, seit die Crew von Apollo 17 im Dezember 1972 gut 100 Kilo Gestein aus dem Taurus-Littrow-Mondgebirge zur Erde gebracht hatte. Dieses Mal handelte es sich nur um wenige Hundertstel Gramm, doch dafür umso hochklassigeres Material.

Jedes Kollektorpaneel bestand aus einer Vielzahl hexagonaler Plättchen aus Silikon, Gold, Saphir, Diamant und anderen Materialien. Diese Plättchen, Wafers genannt, dienen als Trägermaterial für die Sonnenpartikel. Die Wafers hatten die lange Reise durch den Weltraum unbeschadet überstanden. Um zu verhindern, dass die fragile Fracht bei der Landung zerbrach oder eine Kontaminierung durch irdische Stoffe erfolgte, hatte die NASA das in der Vergangenheit bei Militärsatelliten über hundertmal erfolgreiche Luftbergeverfahren gewählt.

Die Genesis-Muttersonde versetzte die kleine Landesonde gegen 13 Uhr mitteleuropäischer Zeit in Rotation, um eine Drallstabilisierung herbeizuführen. Vierzehn Umdrehungen pro Minute. Danach gab das Raumfahrzeug die Kapsel frei, worauf diese antriebslos der Erde entgegenfiel. Das Mutterfahrzeug selbst führte gleich darauf ein Ausweichmanöver durch. Es sollte die Erde in geringem Abstand passieren und in einen Sonnenorbit einschwenken, denn es wurde noch für weitere Aufgaben gebraucht.

Um 17.55 Uhr sollte die Kapsel über Salem in Oregon in 120 Kilometern Höhe auf die Erdatmosphäre treffen. Zwei Minuten und sieben Sekunden später, nun schon über dem Luftraum von Utah und noch mit hoher Überschallgeschwindigkeit unterwegs, würde, so der Plan, die Kapsel in 33 Kilometern Höhe einen ersten Pilotschirm auswerfen, eine sogenannte Stabilisierungsballute, um die Dreh- und Trudelbewegung des Fahrzeugs aufzuheben und die Kapsel bereits etwas abzubremsen.

Sechs Minuten danach, in 6100 Metern Höhe, galt es, den Hauptfallschirm zu aktivieren. Dieser Schirm war ein matratzenförmiger, steuerbarer Paragleiter in der Art, wie ihn Fallschirmspringer verwenden. Dann sollte die Kapsel langsam in weiten Kreisen über dem Zielgebiet dem Boden entgegensinken und auf den Helikopter warten, der sie in etwa 2500 Metern Höhe einfangen sollte. Das Bergungsmanöver war elfmal geübt worden. Die Erfolgsrate in diesen Übungen lag bei glatten 100 Prozent. Es konnte also nichts schiefgehen.

Doch schon der alte preußische Militärstratege Clausewitz wusste: Kein Plan überlebt die erste Feindberührung. Und so war es auch hier. Dabei muss man gerechterweise konstatieren, dass die ersten Abschnitte der Landung wie am Schnürchen verliefen. Das »Aufspinnen«, also das Versetzen der gesamten Raumsondenkombination in die Kreiselbewegung, verlief einwandfrei. Die Trennung vom Mutterfahrzeug: wie aus dem Lehrbuch. Das Erd-Ausweichmanöver der Muttersonde: perfekt. Der Eintritt der Landekapsel in die Erdatmosphäre über Oregon: »right on the money«, wie die Mission Control zu diesem Zeitpunkt glücklich bekanntgab. »Genau im Ziel« war die Raumsonde, und das war nicht übertrieben. Fast auf den Meter präzise durchflog die Landesonde den berechneten Eintrittskanal, während sich ihre Außenhülle auf mehrere tausend Grad Celsius aufheizte. Begeisterter Beifall brandete unter den Missionswissenschaftlern auf, als die Langstrecken-Bahnverfolgungskameras der NASA den kleinen Diskus einfingen. Seine silberne Hülle blinkte in der Sonne. Immer noch rotierte er schnell.

Der Beifall erstarb langsam, als den ersten Wissenschaftlern klar wurde, dass da oben irgendetwas nicht stimmen konnte. Schließlich ebbte der Applaus völlig ab. Warum rotierte das Ding noch immer? Wo war der Stabilisierungsfallschirm? Für einige Augenblicke entstand völlige Stille im Kontrollraum, Sekunden, in denen den Projektingenieuren dämmerte, dass hier etwas schrecklich schieflief. Die Kapsel drehte sich mit unveränderter Geschwindigkeit. Und sie taumelte. Und da war kein Fallschirm, wo längst einer hätte sein sollen.

Der Kurs der Kapsel blieb »right on the money«. Exakt im Ziel krachte sie in den Boden von Utah, mit 320 Kilometern pro Stunde, lediglich gebremst durch die Luftreibung. Dort blieb sie, einen guten Meter tief eingegraben, zerschmettert liegen.

Vielleicht erinnern sich die älteren Science-Fiction-Fans an einen Film mit dem Titel »Andromeda – Tödlicher

Staub aus dem All« (Original-Titel: »The Andromeda Strain«), eine Low-Budget-Produktion aus den frühen 70ern, in der schlechte Schauspieler, miese Kulissen und ein lächerlicher Plot die Handlung bestimmen: Der Wiedereintrittskörper eines mysteriösen Militärsatelliten kommt vom Kurs ab und wird von irgendeinem neugierigen Idioten geöffnet. Eine tödliche Form von Weltraum-Viren kommt frei und rafft die Einwohner eines nahe gelegenen Örtchens dahin. Nur zwei Bewohner überleben, ein kleines Baby und ein betrunkener alter Mann. Und der Virus breitet sich aus …

Die Kapsel im Film sah der Genesis-Kapsel verblüffend ähnlich, und der Filmabsturz erfolgte in genau dem gleichen Gebiet in Utah. Es hat in der Filmgeschichte der letzten Jahrzehnte eine ganze Reihe schlechter Movies gegeben, die auf wirklichen Raumfahrtereignissen basierten. Dies war aber der erste Fall, dass ein Raumfahrtereignis einen schlechten Hollywood-Schinken kopierte.

Die Berichterstatter warfen die Frage auf, wie die Landung einer sehr simplen und kleinen Raumkapsel auf dem Planeten Erde scheitern konnte. Ein Verfahren, das bei Dutzenden bemannten Raumkapseln in den Programmen Mercury, Gemini und Apollo und bei über hundert unbemannten Rückkehrkapseln in den Programmen Discoverer, Corona und Keyhole immer prächtig funktioniert hatte.

Die harte Wahrheit lautet: Im Raumfahrtgeschäft ist nichts Routine. Niemals. In den Jahren 1960 bis 1980 mögen viele Dutzend Spionagekapseln am Fallschirm hängend aus der Luft geborgen worden sein, praktisch jede Woche eine, aber das sagt nichts aus über die

Zuverlässigkeit eines neuen Designs, das im Jahre 2000 produziert worden ist. Die 2000er Kapsel braucht neue Teile von neuen Herstellern, weil die aus den 60ern nirgendwo mehr aufzutreiben sind (außer vielleicht in irgendwelchen CIA-Museen). Das Design muss von Grund auf neu qualifiziert und vor allem getestet werden. Und um einen vernünftigen Test durchzuführen, sind eigentlich Versuchsflüge im Weltraum nötig. Aber für die fehlt in der zivilen Raumfahrt, wie hier wiederum bei Lockheed, die Anfang der 2000er Jahre besonders anfällig für derartige Schwächen gewesen zu sein scheinen, oft das Geld.

Bald nach dem Ereignis konnte aus den Telemetriedaten herausgelesen werden, was zu dem peinlichen Vorfall geführt hatte. Irgendjemand hatte die sogenannten Gravity Switches verkehrt herum eingebaut. Das sind Sensoren, die beim Auftreffen auf die Erdatmosphäre die Landesequenz auslösen.

Wie das passieren konnte? In etwa so: Ein Techniker sitzt vor der Elektronikbox der Raumsonde Genesis und ist gerade dabei, das Ding einzubauen. Das Gerät ist winzig klein, und an jedem Ende ragt ein Draht heraus. Schwer zu erkennen, was denn nun vorne und was hinten ist. Die Schränke um den Techniker herum sind zwar bis zur Decke hin voll mit Dokumenten, die den Einbau bis ins allerkleinste Detail beschreiben. Doch der Feierabend ist nah, und die Liebste wartet schon beim Italiener um die Ecke.

Der Techniker dreht das kleine Bauteil ratlos in der Hand. Die beiden Enden sehen sich aber auch so was von ähnlich. Er setzt das Gerät in die Elektronikbox ein.

Es passt nicht gleich beim ersten Versuch. Der Mann kratzt sich am Kopf, runzelt die Stirn und fragt schließlich seinen Kollegen: »He Pete, der Fummel will einfach nicht rein. Was soll ich denn machen?« Und der meint nach einem flüchtigen Blick: »Dreh das Ding doch mal um, Joe.« Der Ingenieur von der Qualitätssicherung ist mal wieder in der Kaffeeküche.

Aber es kam noch besser. Dieser Fehler allein hätte die 250 Millionen Dollar teure Genesis-Sonde noch gar nicht zum Absturz bringen müssen. Das passierte erst, weil die Ingenieure ein Reservesystem konstruierten, dessen Logik exakt genauso funktionierte wie die des Hauptsystems. Und für das auch exakt baugleiche Teile benutzt wurden, die vom selben Techniker exakt genauso falsch eingebaut wurden.

Mindestens fünf Kubikmeter an Konstruktionsvorschriften schreiben detailliert vor, dass ein Reservesystem aus Sicherheitsgründen erstens komplett anders konstruiert sein muss als das Primärsystem und dass es zweitens auch Bauteile von einem anderen Hersteller enthalten muss. Aber irgendein genialer Manager hatte hier ein Einsparungspotenzial erkannt und sicher eine Prämie für seine tolle Idee erhalten.

FEHLSTARTS (1)

Pete Crashwell arbeitet nicht nur bei Lockheed Martin, auch in der Europäischen Raumfahrtindustrie gibt es ihn. Unter anderem Namen natürlich. Eine Weile arbeitete er beim französischen Triebwerkskonzern Snecma und war dort als Pierre Bonchute bekannt.

Es ist Samstag, der 23. Februar 1990, 0.17 Uhr mitteleuropäischer Zeit. Eine Ariane 44L, die stärkste Version der Ariane 4, steht startbereit auf der Rampe am Komplex ELA-2 in Kourou in Französisch-Guayana. Es ist der 36. Einsatz einer Ariane insgesamt, deswegen wird die Mission auch V-36 genannt. Alles sieht bestens aus. Die Techniker im Kontrollzentrum sind zuversichtlich, denn der letzte – und bis dahin einzige – Fehlstart einer Ariane 4 liegt schon fünf Jahre zurück. Man hat das System sicher im Griff.

Unter der Nutzlastverkleidung der Ariane befinden sich zwei japanische Kommunikationssatelliten. Zusammen mit der Trägerrakete repräsentiert der Start einen Wert von umgerechnet 300 Millionen Euro. Ein wenig nervös sind die Techniker und Ingenieure nur deswegen, weil sie heute hohen Besuch haben. Der französische Präsident François Mitterand ist auf dem Weg zu einem Staatsbesuch in Südamerika auf eine Stippvisite nach Kourou gekommen, um den Start mitzuerleben.

Auf die Sekunde pünktlich zünden die acht Trieb-werke. Ein kurzer elektronischer Check aller Systeme ergibt: Go. Die Halteklammern geben die Rakete frei. Nichts kann sie jetzt mehr zurückrufen.

Und das ist ausgesprochen blöd, denn nichts hätten die Techniker in diesem Moment lieber getan.

Nur drei Sekunden nach dem Verlassen der Start-rampe stellen sie zu ihrem Entsetzen einen rapiden Druckverlust im zentralen Triebwerk D fest. Inner-halb von Sekunden sinkt er um 50 Prozent und in den folgenden Sekunden immer weiter, bis das Triebwerk schließlich erlischt. Die ohnehin eher gemächliche An-fangssteigrate der Ariane 44L reduziert sich aufgrund des jetzt zwölf Prozent geringeren Schubs noch weiter. Von außen ist das zunächst kaum bemerkbar. Viel kri-tischer ist: Die Trägerrakete hat den Startturm noch nicht ganz passiert und segelt gefährlich nahe an die eben zurückgeschwenkten Service-Arme heran. Statt der normalen sieben Meter sind es jetzt nur noch zwei Meter Abstand. Kommt es zu einem Kontakt, dann ist die Katastrophe komplett.

Gott sei Dank wirken in diesen ersten Sekunden nur geringe aerodynamische Kräfte auf die Rakete, und die Steuerung der noch aktiven Triebwerke kann den asym-metrischen Schub halbwegs ausgleichen. Die Gesichter im Kontrollraum sind versteinert. Jeder weiß: Der Trä-ger und seine Nutzlast sind dem Untergang geweiht. Jetzt kann es nur noch darum gehen, die vollgetankte Rakete so weit wie möglich von der Startanlage wegzu-bringen und die Daten der unausweichlichen Katastro-phe zu sichern.

Gemächlich, fast majestätisch, steigt die Ariane 4 weiter. Noch können die Steuerelemente ausgleichen, aber die aerodynamischen Lasten auf die Struktur steigen kontinuierlich. 90 Sekunden nach dem Abheben haben die Schwenkvorrichtungen der noch funktionierenden Triebwerke ihren Anschlagpunkt erreicht. Der asymmetrische Schub kann nicht länger kompensiert werden. Die Rakete driftet seitwärts. 101 Sekunden nach dem Abheben wird die Belastung zu groß. Der Träger explodiert 12,5 Kilometer vom Startzentrum entfernt in einer Höhe von 9000 Metern.

Der Fehlstart einer Trägerrakete ist der erfolglose Versuch, eine Nutzlast auf ihre vorgesehene Bahn zu bringen. Im glimpflichsten Fall wird dabei ein erheblicher wirtschaftlicher Schaden verursacht, im ungünstigsten Fall kommen Menschen ums Leben. Statistiken der Raumfahrtindustrie listen die Ursachen von Fehlstarts genau auf, in Kategorien geordnet. Doch ist es nur in den wenigsten Fällen ein einzelner unglücklicher Umstand, der zu einem Absturz führt. Fast immer liegt es an einer Kombination von Gründen.

Der Fehler, der an diesem 23. Februar 1990 zum Desaster führte, wurde am Ende dem Antriebssystem zugerechnet. Mehr als 50 Prozent aller Catastrophic Losses, wie es in der stark anglifizierten westlichen Raumfahrtsprache heißt, werden von den Triebwerken »verschuldet«. Doch machen wir uns nichts vor: Am Ende sind etwa 80 Prozent aller Fehler auf nichts anderes zurückzuführen als auf menschliches Versagen.

Unmittelbar nach dem Absturz der Ariane wurde eine Untersuchungskommission gebildet, um die

Unfallursache zu ermitteln. In den Mangrovensümpfen vor der Küste wurden etwa 350 Teile der Rakete gefunden. Unter anderem das Leitungssystem von Triebwerk D. Und schon hatte man sie, die Absturzursache. Ein Handtuch hatte die 4,4 Zentimeter durchmessende flexible Wasserleitung blockiert, die Zuführung zum Turbinen-Kühlsystem des Triebwerks.

Beim Testlauf dieses Raketenmotors in Frankreich hatte man den Wassertank schon einmal eingesetzt. Wie üblich war der Tank danach ausgepumpt und von Hand getrocknet worden. In der hochkorrosiven Umgebung des tropischen Guayana, wo die Triebwerke nach der Anlieferung wochenlang gelagert werden mussten, würde Restwasser nur Schaden anrichten.

Am Ende der Aktion hatte der zuständige Techniker das Handtuch schlichtweg im Tank vergessen. In Kourou war der Behälter ohne weitere Prüfung wieder gefüllt worden, und in den ersten Sekunden nach dem Start war das Handtuch durch die starke Saugwirkung in die Leitung geschlüpft und hatte sie verstopft. Die Pumpe überhitzte, die Triebwerksleistung sank, die Dinge nahmen ihren Lauf.

Der Fehler wäre leicht zu vermeiden gewesen. Bei US-Trägern war es zu diesem Zeitpunkt bereits Standard, Werkzeuge und Hilfsmittel vor Gebrauch genau abzuzählen und in einer Liste zu erfassen. Ein Verfahren ähnlich wie bei einer Operation am Menschen, wo der Chirurg genau zählen muss, ob die Klammern und Tupfer vollständig sind und nicht etwa im Körper des Patienten vergessen wurden.

NACH HAUSE TELEFONIEREN

Der Kosmonaut Juri Malentschenko musste am 19. April 2008 feststellen, dass nach seiner Landung mit der Raumkapsel Sojus TMA-11 weit und breit niemand da war, um ihn und seine Crew-Kameradinnen Peggy Whitson und Yi So-yeon abzuholen. So blieb Malentschenko keine andere Wahl, als zum Handy zu greifen, um im Kontrollzentrum Bescheid zu geben, dass man inzwischen wieder auf der Erde zurück sei und jetzt doch bitte abgeholt werden möchte.

Aber ganz ohne Ironie: Bange 45 Minuten lang wusste niemand, wo Sojus TMA-11 und seine Crew abgeblieben waren. Denn die Bergungskräfte versuchten sehr wohl, die drei über den Bordfunk zu erreichen. Ihre Anfragen blieben aber unbeantwortet. Der berechnete Landezeitpunkt kam und ging. Niemand meldete sich. Die Kommentare des Sprechers von NASA TV, der direkt von der Landung berichtete, dünnten langsam aus und verstummten schließlich ganz. Auch aus Moskau kam keine weitere Meldung mehr. Bis dahin hatte eine völlig überforderte und ganz offensichtlich fachfremde Dolmetscherin den russischen Kommentar in sinnloses Englisch übertragen.

Dabei hatte alles ganz »nominal« begonnen. Peggy Whitson, Yuri Malentschenko und Yi So-yeon hatten dreieinhalb Stunden zuvor von der Internationalen Raumstation abgelegt. 45 Minuten vor der Landung leiteten sie die Bremszündung ein, die sie zur Erde zurückbringen sollte. Eine halbe Stunde vor der Landung meldete sich die Crew ab. Gleich darauf brach der Funkkontakt ab. Ein wenig früh, das hätte schon Aufmerksamkeit erregen sollen, doch nicht besonders beunruhigend. Beim Wiedereintritt werden die Luftschichten um das Raumfahrzeug so stark ionisiert, dass kein Sprechfunkverkehr möglich ist. Das ist im Prinzip immer so.

Gut zehn Minuten vor der Landung, in einer Höhe von noch mehr als 20 Kilometern, hätte der Sprechfunkverkehr wieder aufgenommen werden sollen. Über dem vorgesehenen Landegebiet kreisten bereits die Hubschrauber, deren Besatzungen Ausschau nach dem rot-weißen Landefallschirm der Sojus hielten.

Doch der war nirgends zu sehen.

Etwa fünfzehn Minuten nach dem berechneten Landezeitpunkt – es gab weiterhin keine Nachricht von der Crew – kam die Meldung, dass es einen Overshoot gegeben hätte, ein »Überschießen« der Landezone um eine Distanz von 40 bis 60 Kilometern. Woher die Meldung stammte, blieb unklar. Jedenfalls machten sich die Rettungskräfte auf den Weg nach Osten. Schon kurz danach stand aber eine Auswertung von Radardaten zur Verfügung, die ergab, dass Sojus TMA-11 einen sogenannten »ballistischen Wiedereintritt« durchgeführt hatte. Das deutete darauf hin, dass die Landung »zu kurz« ausfiel und die Kapsel somit *vor* dem vorgesehenen Landegebiet heruntergekommen war.

Die Hubschrauber kehrten wieder um.

Der ballistische Wiedereintritt ist der Sicherheitsmodus der Sojus bei der Landung. Er ist beinhart für die Crew und entsprechend gefürchtet. Immer dann, wenn es Probleme mit der Steuerungssoftware gibt, die den normalen »aerodynamischen« Wiedereintritt regelt und bei dem ein Andruck des 3,5-Fachen der normalen Erdschwerkraft nicht überschritten wird, schaltet die Sojus automatisch in den ballistischen Modus.

Dabei ist der Abstieg sehr steil, und es werden für über 30 Sekunden Belastungen von mehr als dem Achtfachen der Erdschwerkraft erreicht, in den Spitzen 10 g, so die Einheit der Schwerebeschleunigung, wobei 1 g der Kraft entspricht, die auf der Erdoberfläche auf einen Körper wirkt. 10 g liegen weit jenseits der Zumutbarkeitsgrenze für einen Astronauten, der zuvor ein halbes Jahr in der Schwerelosigkeit verbracht hat. Jeder Normalbürger wird bei einem solchen Andruck innerhalb weniger Sekunden besinnungslos. Es ist überhaupt nur mit einer speziellen Pressatmung möglich, nicht das Bewusstsein zu verlieren.

Doch dann konnten die ratlosen Suchmannschaften aufatmen. Die Kapsel war gefunden, 460 Kilometer vor dem Ziel. 35 Minuten nach dem berechneten Landezeitpunkt meldete sich Yuri Malentschenko über sein Iridium-Satellitentelefon. Hirten aus der Umgebung hatten ihm und den beiden Frauen aus der Kapsel herausgeholfen. Der Kosmonaut hatte keine Ahnung, wo er sich befand. Er konnte jedoch am Handy bestätigen, dass es – wie vermutet – zu einem ballistischen Wiedereintritt gekommen war.

Durch das Anpeilen seines Telefons ließ sich schließlich auch die Position des Teams ermitteln. Ein Iridium-Handy gehört seit dem Jahr 2003 zur

Standardausrüstung der Sojus-Besatzungen, nachdem es schon bei der Landung von Sojus TMA-1 zu einem ballistischen Wiedereintritt gekommen war und die Kosmonauten nach der Landung für mehr als drei Stunden als verschollen galten.

Es war pures Glück, dass die Besatzung diesen Wiedereintritt nicht nur überlebte, sondern auch unverletzt blieb. Die Landung hätte durchaus im Desaster enden können.

Die außergewöhnlichen Begleitumstände warfen folgerichtig bald Fragen auf. So mussten sich die russischen Offiziellen rechtfertigen, warum der Kontakt mit der Sojus so früh abriss, und vor allem, warum während der fallschirmgestützten Landephase vor dem Aufsetzen kein Funkkontakt mit dem Raumfahrzeug hergestellt werden konnte.

Ereignet hatte sich keineswegs das bis dahin vermutete simple Softwareproblem und das darauffolgende automatische und routinemäßige Übergehen in den Sicherheitsmodus. Vielmehr hatte sich das Orbitmodul nicht vom Landemodul getrennt. Obwohl jede der fünf Halterungen sicherheitshalber mit zwei Pyro-Cutter genannten Sprengvorrichtungen ausgestattet war, um sie während des Landevorgangs zu kappen, hatte das System an einer Halterung versagt. Die beiden Segmente waren noch miteinander verbunden, als die Sojus mit der Orbitaleinheit voran auf die obersten Schichten der Erdatmosphäre traf. Das Lagekontrollsystem der Kapsel war nicht mehr fähig, das Raumfahrzeug exakt auszurichten. Wilde Schlingerbewegungen setzten ein, als die Kombination in der zunehmenden aerodynamischen

Strömung nach dem gemeinsamen Schwerpunkt beider Komponenten suchte.

In dieser Phase schmolzen die Kommunikationsantennen weg. Auch das Druckausgleichsventil nahm Schaden, und die Ausstiegsluke wurde der Hitze des Wiedereintritts ausgesetzt. Sie ist zwar, wie die ganze Oberseite der Kapsel, mit wärmeabführendem Material belegt. An dieser Stelle ist es aber wesentlich dünner als am eigentlichen Hitzeschild.

Direkt neben der Ausstiegsluke befindet sich auch der Fallschirmcontainer. Wenn es hier zu einem Durchschmelzen oder auch nur zu einem Verkleben durch Verschweißung gekommen wäre, dann wäre das Schicksal der Besatzung besiegelt gewesen.

Schließlich brach das Orbitmodul aufgrund der zunehmenden dynamischen und thermischen Belastung weg, was es dem Landemodul erlaubte, nach weiteren wilden Pendelbewegungen die korrekte Lage mit dem Hitzeschild nach unten einzunehmen. Was folgte, war der »normale« – beinharte – ballistische Abstieg.

Die Entfaltung des Fallschirms und der weitere Abstieg verliefen halbwegs normal, sieht man einmal davon ab, dass wegen der weggeschmolzenen Antenne keine Funkverbindung zur Außenwelt bestand. Wer aber glaubt, dass es nur in Hollywoodfilmen wie »Gravity« dazu kommen kann, dass auf ein Unglück immer noch ein weiteres folgt, der irrt sich. Um ein Haar wäre Sojus TMA-11 nämlich in einem Buschfeuer gelandet, das ausgerechnet an der Landestelle brannte. Die Kapsel setzte nur wenige Meter neben den Flammen auf. Der Fallschirm verbrannte, die Kapsel aber blieb unbeschädigt.

Peggy Whitson gab kurz nach der Landung einen ausführlichen Bericht ab und stellte dabei fest: »Man hatte mir vorher die Sojus-Landung wie einen Autounfall beschrieben. Genauso fühlte es sich dann auch an.« Auch später wurde Whitson, die sich zum Zeitpunkt, an dem ich diese Zeilen schreibe, im Januar 2017, gerade als Kommandantin der ISS erneut im Weltraum befindet, immer wieder gefragt, wie sie die Landung einschätze, zumal sämtliche Kosmonauten sie durchweg als »sportlich« schilderten. »Jede Landung«, entgegnete Whitson trocken, »bei der du den Landeort zu Fuß verlassen kannst, ist eine gute Landung.«

Am Landeort hatte Yuri Malentschenko dann versucht, ihrem Empfangskomitee zu erklären, wer sie waren und woher sie gerade kamen. Doch vergeblich – die Hirten glaubten ihnen kein Wort.

Der NASA-Bericht unterstrich später noch einmal die Dramatik der Situation aus Sicht des Kontrollzentrums. Nach vierzig Minuten ohne jede Information über den Verbleib der Landekapsel glaubten einige Controller bereits, die Crew sei verloren und die Sojus verglüht. Und tatsächlich hätte kein Mensch die Katastrophe mehr aufhalten können. Doch die Sojus ist so konstruiert, dass das Servicemodul, wenn die pyrotechnische Trennung versagt, unter der aerodynamischen Belastung des Wiedereintritts abreißt. Es ist der allerletzte Rettungsanker im System – und wurde nie zuvor unter Einsatzbedingungen genutzt. Anschließend begann die Kapsel sich wie ein hochgeworfener Federball von selbst in die richtige Lage zu manövrieren. Unmittelbar nach der Landung waren die Hirten zum umgekippten

Raumfahrzeug geeilt, hatten den etwas benommenen Raumfahrern aus der Kabine geholfen und sie auf die Schattenseite der Kapsel ins Gras gesetzt. Einer der Hirten war auf Malentschenkos Bitte hin in die Kapsel gekrochen, um das Satellitentelefon zu holen, mit dem der Kosmonaut sich dann bei den Rettungskräften meldete.

Eine erste kurze Inspektion ergab, dass eines der Lageregelungtriebwerke durchgebrannt war. Dieses Triebwerk hatte offensichtlich permanent gefeuert, um die Kombination in die richtige Raumlage zu bringen, was aufgrund der einsetzenden Luftreibung und der weitaus höheren Masse aber nicht gelang.

Peggy Whitson hatte von einer Belastung von 8,2 g für mehr als eine Minute berichtet. Fast unglaublich, aber durch die ausgelesene Telemetrie bestätigt, lagen die tatsächlichen Werte über mehrere Sekunden sogar bei 11 g und danach bei 8,4 g. Höher als die Belastung, welche die hochtrainierten Ex-Militärpiloten in den ersten Anfangstagen der Raumfahrt durchstehen mussten.

Auch von Rauch und Rauchgeruch in der Kabine hatte Whitson berichtet. Als Quelle wurde zum einen ein Druckausgleichsventil identifiziert, das sich routinemäßig in der letzten Landephase öffnet. Durch dieses Ventil waren Gase von der schwer angesengten Kapsel und dem Steppenfeuer ins Innere gelangt. Es gab aber noch eine zweite Quelle, und das war ein Bildschirm, der sich während der heftigen Schüttelbewegungen abgeschaltet hatte und nun, in der ruhigeren Phase des Abstiegs am Fallschirm, wieder hochfuhr.

DIE ERSTEN WORTE
AUF DEM MOND

Die Frage nach den ersten Worten auf dem Mond
scheint kinderleicht beantwortbar zu sein und ist doch
tückisch. Selbst gewiefte Raumfahrthistoriker haben
damit ihre Probleme. Bei den meisten am Thema inte-
ressierten Menschen kommt die Antwort wie aus der
Pistole geschossen: »This is a small step for a man, but
a giant leap for mankind« (ein kleiner Schritt für einen
Mann, ein großer Schritt für die Menschheit). Ein ebenso schöner wie bekannter und einprägsamer Satz. Er
hat nur einen kleinen Nachteil: Er wurde erst sechsein-
halb Stunden nach der Landung gesprochen, und die
Astronauten hatten bis dahin keineswegs geschwiegen.

Aber da gab es doch noch ein paar berühmte Worte. Und fielen die nicht wirklich gleich nach der Landung? »Houston, Tranquillity Base here, the Eagle has
landed.« Doch auch wer darauf tippt, liegt falsch. Die
wahren ersten Worte auf dem Mond haben leider nicht
das Zeug, Legenden zu begründen. Schalten wir uns in
den Funkverkehr der letzten Flugminute ein. Es ist jetzt
102:44:40 Mission Elapsed Time, also sind 102 Stunden,
44 Minuten und 40 Sekunden vergangen, seit Apollo 11
die Startrampe in Cape Canaveral verlassen hat. Das
Triebwerk der Landefähre Eagle läuft seit mehr als elf
Minuten. Laut Plan sollten die Astronauten jetzt schon

seit etwa einer Minute auf der Mondoberfläche stehen.
Der Treibstoff wird langsam knapp. Verdammt knapp.
Die drei Protagonisten in der Endphase des Dramas
sind Neil Armstrong, Edwin Aldrin und Charlie Duke.
Letzterer ist ebenfalls Astronaut, sitzt aber im Kontrollzentrum in Houston und fungiert als CapCom, kurz für
Capsule Communicator, wie der Verbindungssprecher
zwischen Mission Control und Crew in der NASA-Ter-
minologie genannt wird.

In Kirchturmhöhe über dem Meer der Ruhe sind die
Astronauten Neil Armstrong und Edwin Aldrin jetzt
alles andere als ruhig. Ihr Puls liegt bei über 150. In den
vergangenen Minuten des Abstiegs zur Mondoberfläche
haben sie einen nervenzermürbenden Alarm nach dem
anderen überstanden, verursacht durch die Überlas-
tung des Bordcomputers. Steigen wir ein in die letzten
63 Sekunden vor der Landung.

102:44:40 Aldrin: 40 Meter.

Das heißt: 40 Meter über der Mondoberfläche. Armstrong fliegt die Fähre mit der Handsteuerung und in
dieser letzten Phase nur nach Sicht. Er kann deshalb
nicht mehr nach unten auf die Instrumente blicken.
Stattdessen versorgt ihn Edwin Aldrin laufend mit den
wichtigsten Parametern.

102:44:45 Aldrin: 30 Meter, eins
abwärts, drei vorwärts. Fünf Prozent.
Treibstoffwarnung.

Die Sinkgeschwindigkeit beträgt einen Meter pro Sekunde, die Vorwärtsgeschwindigkeit drei Meter pro Sekunde. Der Treibstoffwarn-Indikator leuchtet auf, sobald sich weniger als 5,6 Prozent Treibstoff in den Tanks befinden. Im reinen Schwebeflugmodus reicht der Sprit damit noch für 90 Sekunden. Danach gibt es einen Warnton, den die Astronauten »Bingo« nennen. Dann besteht noch eine absolute Notfallreserve von 20 Sekunden. Die kann der Kommandant entweder dazu verwenden, die Landung doch noch durchzuführen, was nur geht, wenn er zu diesem Zeitpunkt bereits niedriger als 15 Meter ist, keine Lateralgeschwindigkeit mehr hat und sich über einem guten Landeplatz befindet. Oder er muss den Abort-Knopf zum Abbruch drücken, die Landestufe abwerfen, den Oberstufenmotor zünden und für den Rest seines Lebens unzähligen Menschen erklären, warum er diesen historischen Moment vermasselt hat.

> 102:44:54 Aldrin: Okay. 20 Meter. Sieht gut aus. Einen halben runter, zwei vorwärts.
> 102:45:02 Duke: 60 Sekunden.

Duke informiert die Astronauten, dass bis zu »Bingo« nur noch 60 Sekunden bleiben.

> 102:45:04 Aldrin: Licht an.

In diesem Moment leuchtet eine Warnlampe auf – zum zweiten Mal während dieses Abstiegs –, die darauf hinweist, dass das Landeradar ausgefallen ist. Der Ausfall dauert nur wenige Sekunden und ist in der niedrigen

Höhe belanglos, denn Armstrong fliegt bereits nach Sicht.

> 102:45:08 **Aldrin:** 20 Meter, 0,7 abwärts,
> 0,7 vorwärts ... 0,7 vorwärts. Das ist gut.
> 102:45:17 **Aldrin:** 16 Meter, 0,7 runter,
> etwas Staub.

Ab etwa 30 Metern Höhe werden durch den Abgasstrahl des Landers große Mengen Staub weggeblasen. Dies verursacht eine halbtransparente Staubströmung dicht über dem Boden. Sie macht es Armstrong schwer, seine tatsächliche Bewegung abzuschätzen. Er braucht einige Sekunden, um die Steine am Boden zu erkennen und danach die Landegeschwindigkeit zu justieren.

> 102:45:21 **Aldrin:** 10 Meter, 0,7 runter ...
> verwischte Schatten.
> 102:45:25 **Aldrin:** Eins vorwärts ... eins
> vorwärts ... treiben etwas nach rechts ...
> sieben Meter ... 0,2 abwärts.
> 102:45:31 **Duke:** 30 Sekunden.

Bis »Bingo«.

> 102:45:32 **Aldrin:** Leichte Drift nach vorne.
> Das ist gut.

Um sicherzugehen, dass er auf einer ebenen Stelle landet, muss Armstrong sich nach vorne orientieren. Aus einem unbekannten Grund beginnt sich die Fähre aber jetzt nach rechts hinten zu bewegen. Armstrong korrigiert, aber zu viel. Eine Bewegung nach links vorne beginnt sich aufzubauen. Das Abbruch-Limit ist nur noch wenige Sekunden entfernt.

102:45:40 Aldrin: Kontaktlicht.

Einer der knapp zwei Meter langen Kontaktsensoren, die an drei der vier Landebeine befestigt sind, hat Bodenberührung festgestellt. Nur das Landebein mit der Ausstiegsleiter hat keine Kontaktsonde.

102:45:43 Armstrong: Shutdown.
102:45:44 Aldrin: Okay. Triebwerk aus.

Armstrong sollte das Triebwerk eigentlich beim Aufleuchten des Kontaktlichtes ausschalten, also etwa zwei Meter über der Mondoberfläche. Er zögerte aber noch eine kurze Weile, so geschah das erst im Moment der Bodenberührung. Dadurch war die Landung sehr sanft, und die Landebeine wurden kaum gestaucht. Tatsächlich war es die »weichste« Landung im Programm. Armstrong zeigte sich später verblüfft, dass der Staub, der ihn in der letzten Minute so behindert hatte, im Moment des Abschaltens des Triebwerks von einem Sekundenbruchteil zum anderen verschwand. Eigentlich logisch, aber gegen alle Erfahrung, die wir von der Erde kennen. Ohne den Reibungswiderstand einer Atmosphäre fällt Staub ebenso schnell zu Boden wie beispielsweise eine Bleikugel – Staubwolken haben keinen Bestand.

Und nun kommen sie. Die wahren ersten Worte, die Menschen auf dem Mond gesprochen haben:

```
102:45:45 Aldrin: ACA out of Detent.
102:45:46 Armstrong: Out of Detent. Auto.
102:45:47 Aldrin: Mode Control, both Auto ...
Descent engine command override off ...
Engine arm off ... 413 is in.
102:45:57 Duke: We copy you down, Eagle.
```

Die Attitude Control Assembly (ACA) ist der Steuerknüppel der Mondfähre. »Out of Detent« bedeutet, dass ein Steuerimpuls vorgenommen werden muss, der das Lageregelungssystem abschaltet. Obwohl die Mondfähre jetzt auf der Oberfläche stand, feuerten die Steuertriebwerke noch wie wild, um die Lage zu halten, die Armstrong unmittelbar vor der Landung als letzten Steuer-Input eingegeben hatte. »Engine arm off« bedeutet, dass das Landetriebwerk deaktiviert ist. »413« ist ein Befehl für den Bordcomputer, damit er weiß, dass die Fähre auf dem Mondboden steht. Charlie Dukes Meldung besagt, dass aufgrund der ihm vorliegenden Daten die Landung erfolgt sein müsste. Und erst jetzt findet Neil Armstrong die Zeit, die historischen Worte zu sprechen, die sich bis heute in das Gedächtnis der Menschen eingeprägt haben:

```
102:45:59 Armstrong: Houston, Tranquillity
Base here. The Eagle has landed.
```

BAIKONUR STATT TJURATAM

Am 12. April 1961 umkreiste der Kosmonaut Juri Gagarin im Raumschiff Wostok 1 einmal die Erde. Als erster Mensch im Weltall bescherte er damit der Sowjetunion einen Etappensieg beim »Wettlauf ins All«, einem der vielen Schauplätze des Kalten Krieges. Nach der erfolgreichen Mission setzte die Sowjetunion zahlreiche »Fake News« in Umlauf, um die Beobachter im Westen über die Stärke und die Ziele des Landes im Unklaren zu lassen. Eine dieser News hatte die Fiktion eines großen Weltraumbahnhofs mit der Bezeichnung »Baikonur« zum Thema.

Ein Team unter der Leitung von Generalmajor Kerim Kerimow, seines Zeichens Chef des Referates 3 im Hauptdirektorat für strategische Lenkwaffen bei den Raketentruppen, musste nach dem Flug ein Dokument für die Internationale Astronautische Föderation anfertigen. Das brauchte man, um Gagarins Leistungen als offizielle und international anerkannte Weltrekorde anzumelden. Dazu mussten im Formular einige Felder mit Missionsdetails ausgefüllt werden, darunter der Startort. Es handelte sich um die kleine Siedlung Tjuratam, strategisch günstig gelegen sowohl am Ufer des Flusses Syrdarja als auch an einer wichtigen Eisenbahnstrecke. Doch diese Information unterlag der Geheimhaltung. Also brauchte Kerimow eine Alternative, nahm eine Landkarte zur Hand und suchte sich das kleine Dorf Baikonur aus, das 370 Kilometer nordöstlich von Tjuratam lag. Den westlichen Analytikern gelang es aufgrund der Bahndaten zwar mühelos, Rückschlüsse auf den wahren Startort zu ziehen, dennoch bestanden die Sowjets viele Jahre lang hartnäckig darauf, dass die Startanlage bei Baikonur liegen würde.

Die Bewohner des Dörfchens Baikonur wussten im Übrigen sehr schnell aus ihrem Ruhm Kapital zu schlagen: Sie bestellten in Moskau Waren aller Art, die sonst in der Sowjetunion und in der Steppe Kasachstans nicht zu bekommen waren, beispielsweise Treibstoff, Zement oder Holz. Baikonur wurde lange und in großen Mengen beliefert, bis irgendeinem Offiziellen in Moskau die Sache spanisch vorkam und die Lieferungen eingestellt wurden.

Die Groteske steigerte sich aber noch, denn um den wirklichen Startort Tjuratam bildete sich mit den Jahren eine Siedlung, aus der schließlich eine Stadt mit über 100 000 Einwohnern wurde. Sie führte im Laufe der Zeit mehrere Namen wie Sarja, Swesdograd, Taschkent-90 und schließlich Leninsk. Erst am 20. Dezember 1995 wurde Leninsk offiziell in Baikonur umgetauft. Und erst seitdem liegt tatsächlich eine große Stadt dieses Namens direkt am Kosmodrom.

WELTRAUM-BÜROKRATOGANTIE

Was wäre wohl aus den Unternehmungen der großen Forschungsreisenden früherer Zeiten geworden, wenn die damaligen Prüfungs- und Genehmigungsinstitutionen im Stil heutiger Raumfahrtbehörden agiert hätten? Um das herauszufinden, machen wir am besten eine Zeitreise in das Jahr 1491 und stellen uns folgende Situation vor:

Ein gewisser Christophorus Columbus, Nautiker am Seeinstitut von Genua und Admiral zur See, hat bei den Vereinigten spanischen Königreichen Kastilien und Aragonien die Pläne für eine aufsehenerregende Forschungsexpedition vorgelegt. Sein Antrag wird daraufhin vom Auswahlkomitee der NASA geprüft, also der Nationalen Aragonisch-Kastilischen Seeforschungs-Administration. Der nachfolgend abgedruckte Prüfbericht wurde an den Auswahl-Ausschuss für die Genehmigung von Forschungsvorhaben im Rahmen des »Programa de la exploración del mar« ihrer königlichen Majestäten von Kastilien und Aragonien übermittelt.

44

DER PRÜFBERICHT

Einführung: Die Nationale Aragonisch-Kastilische See-forschungs-Administration (kurz: NASA) hat den vorliegenden Antrag einer »Schnelleren, besseren und billigeren Seeroute mittels der Durchquerung des Westozeans zur Erreichung der Gewürzinseln (Molukken)« im Detail untersucht und stellt hiermit ihren Bericht über das Ergebnis vor.

Förderantrags-Kennzeichen: NASA-C.C.-1491-West-ozean-Transfer

Titel des Antrages: »Erforschung einer schnelleren, besseren und billigeren Seeroute zu den Gewürzinseln«

Projektleitung: Admiral zur See C. Columbus vom Genuesischen Institut für Ozeanautik

Missionsbeschreibung: Der Projektleiter (PL) schlägt vor, die Gewürzinseln (Molukken) dadurch zu erreichen, dass er, ausgehend vom kastilischen Hafen Palos de la Frontera, über einen Versorgungsstopp auf den Kanarischen Inseln den großen Ozean in Richtung Westen durchquert. Einer ersten Explorations-flottille, bestehend aus drei Schiffen, sollen größere Handelsflotten folgen. Ziel des Unternehmens ist es, langfristig das Monopol der Organisation Gewürz-importierender Länder zu brechen.

1. Auswertung der wissenschaftlichen Aspekte des Antrages

Der Selektionsausschuss der NASA fand eine beunruhigende Anhäufung fragwürdiger Referenzen, unzuverlässiger Daten und signifikanter Unterlassungen in der wissenschaftlichen Ausarbeitung und Begründung des Unternehmens. Dies betraf hauptsächlich vier Schwerpunkte:

Astronomie: Der PL hat Quellen ausgewählt, die von den kleinsten in der Literatur beschriebenen Erdumfängen ausgehen. Ein Erddurchmesser von annähernd 40 000 Kilometern wird seit den Schriften von Erathostenes als relativ wahrscheinlich angenommen. Dies ist bei weitem mehr als der Wert, den der PL in seinem Antrag genannt hat. Es ist zu vermuten, dass die niedrigen Werte gewählt wurden, um die Reisezeit kürzer erscheinen zu lassen und dadurch die Entscheidung des Auswahlkomitees günstig zu beeinflussen.

Geografie: Bei der Abschätzung der Größe der eurasischen Landmasse hat der PL dagegen auf den größten in der Literatur verfügbaren Wert zurückgegriffen. Insbesondere bemüht er Schätzungen äußerst unzuverlässiger Autoren, wie etwa die seines Landsmannes M. Polo, der von sich behauptet, die eurasische Landmasse bis zu deren Ende bereist zu haben.

Bei Richtigstellung der beiden oben genannten Abschätzungen dürfte die Reisestrecke nicht wie von C. Columbus geschätzt nur etwa 5000 Kilometer betragen, sondern realistisch gesehen mindestens 18 000 Kilometer.

Meteorologie: Die im Angebot genannte, überaus optimistisch geschätzte Reisegeschwindigkeit der Flottille geht ebenfalls von extrem unzuverlässigen

Quellen aus. Der PL nimmt in seiner Ausarbeitung eine hypothetische Luftströmung an, die er die »Handelswinde« nennt. Diese würden es seinen Schiffen erlauben, auf der Anreise zu den Gewürzinseln auf einem bestimmten Breitengrad mit Rückenwind zu fahren. Diesen Rückenwind hätte er aber auch auf der Rückreise, wenn diese nur auf einem anderen, höheren Breitengrad stattfindet.

Eine Annahme, dass der Wind einmal nach Westen, einige Breitengrade weiter nördlich aber nach Osten verläuft, ist ebenso absurd wie lächerlich. Das Untersuchungsgremium bestand bei diesem Sachverhalt auf einer zusätzlichen Anhörung des PL, um seine »vertraulichen« Daten einer näheren Prüfung zu unterziehen. Dabei stellte sich heraus, dass seine Angaben aus anekdotenhaften Erzählungen ungebildeter Fischer stammten.

Wir fordern in dem Zusammenhang, dass jeglicher zukünftige Antrag dieser Art nicht mehr zur Prüfung zugelassen wird, wenn er nicht auf qualifizierten Windmessungen beruht, die von ausgebildeten Meteorologen erstellt und von einem unabhängigen Expertengremium begutachtet wurden.

Geophysik: Das dem Angebot zugrundeliegende Erdmodell ist in hohem Maße asymmetrisch. Alle Kontinente konzentrieren sich auf eine Hemisphäre, alle Ozeane auf die andere. Dazwischen gibt es keine weitere Landmasse. Eine Erde in dieser Konfiguration wäre instabil und könnte nicht als das feststehende Zentrum der himmlischen Sphären im Einklang mit den Vorschriften der heiligen Mutter Kirche dienen. Die vom Auswahlkomitee konsultierten Experten nehmen überwiegend an, dass es derzeit noch unbekannte Kontinente in den Ozeanen geben muss, um das Verhältnis zwischen Land- und Seemasse zu stabilisieren. Diese Landmasse dürfte eine unüberwindliche Barriere für die vorgeschlagene Mission darstellen.

2. Auswertung des Technischen Gehalts des Antrages
Die von der NASA durchgeführte technische Analyse des Vorhabens ergab zahllose Schwachstellen, von denen hier nur die wichtigsten genannt seien.

Lebenserhaltungssysteme: Unter Zugrundelegung einer realistischen Missionsdauer ist es offensichtlich, dass beim heutigen Stand der Schiffsbautechnik die angemessene Menge von Nahrung, Wein und Wasser noch nicht einmal für eine Minimalcrew mitgeführt werden kann. Die Planung des PL, hypothetische Vor-Ort-Ressourcen wie etwa die sagenumwobenen Inseln namens »Antillen« als Versorgungsbasis zu nutzen, sind viel zu spekulativ, um als Grundlage für eine bemannte Mission dienen zu können.

Medizinische Aspekte: Portugiesische Forschungsresultate zeigen, dass lange Reisen über das offene Meer zu einer allmählichen und nachhaltigen Schwächung des Immunsystems führen. In wissenschaftlichen Dokumenten, die von unseren Agenten abgefangen werden konnten, wurde darauf hingewiesen, dass die Gesundheit der Crew insbesondere durch ein Syndrom namens »Skorbut« gefährdet ist. Die Ursache dieser Erkrankung ist unbekannt, steht aber offensichtlich mit der Länge einer Seereise in Zusammenhang. Gegen diese Krankheit existiert kein Gegenmittel. Die nähere Untersuchung dieses Problems wird Gegenstand einer Forschungsreihe sein, die auf der Ozeanischen Forschungsstation der Vereinigten Königreiche durchzuführen ist. Bis zur Lösung dieses Problems kann damit eine Langzeitmission über das offene Meer keinesfalls genehmigt werden.

Kommunikation: Die derzeit existierenden Zwei-Wege-Kommunikationsmöglichkeiten zwischen der Missionskontrolle und der Expeditionsflotte sind unzureichend. Sowohl die Nachrichtenverbindung mittels Brieftauben als auch die Back-up-Lösung über Flaschenpost ist in hohem Maße unzuverlässig, insbesondere bei Langstreckenmissionen. Letztendlich bedeutet dies, dass mangels geeigneter Kommunikation mit dem Missionskontrollzentrum die Ozeanauten vollständig auf ihre eigenen Fähigkeiten angewiesen sein würden.

Die bisherige Selektion von Ozeanauten durch die NASA wurde schwerpunktmäßig auf Fähigkeiten wie Einholen von Leinen, Reffen von Segeln oder Erklettern von Wanten ausgelegt. Unter dem neuen Szenario wäre ein ausgedehntes Zusatztraining in linguistischen Fähigkeiten sowie auf dem Gebiet der Diplomatie notwendig. Für den Fall des Scheiterns Letzterer ist ein Spezialtraining im Gebrauch militärischer Ausrüstung erforderlich. Diese Schulungs- und Trainingsmaßnahmen würden die Missionskosten ungebührlich in die Höhe treiben.

Navigation: Im Angebot des PL wird keine Methode beschrieben, wie die Ozeanauten den erreichten Längengrad bestimmen können. Dies ist jedoch ein essenzieller Aspekt für eine Langzeitmission nach Westen mit permanent fehlender Landsicht.

Missionsarchitektur: Die vorgeschlagene Zusammensetzung der Forschungsflotte aus zwei Karavellen mit geringem Tiefgang für Pfadfinder-Zwecke (im Angebot als »Nina« und »Pinta« bezeichnet) und einem Schwerlastträger (im Angebot »Santa Maria« genannt) für die logistische Unterstützung hat gewisse operationelle Vorteile gegenüber einer homogenen Flotte. Das Angebot versäumt aber, das erheblich erhöhte Missionsrisiko dieser Variante zu adressieren. Ein Ausfall des Schwerlastträgers führt unausweichlich zu einem Totalverlust der gesamten Mission, da die meisten Versorgungsgüter und Ausrüstungsgegenstände der Expedition in diesem einzelnen Fahrzeug konzentriert wären. Der Verlust des Schiffes würde die eventuell überlebenden Seeleute der Pfadfinder-Schiffe einem siechenden Tod durch Hunger und Durst aussetzen.

3. Auswertung des programmatischen Gehaltes des Antrages

Finanzierung: Der PL drückt sich in der Identifizierung der Finanzierungsquelle unklar aus, scheint aber im Wesentlichen auf eine Art »Friedensdividende« durch das sich abzeichnende Ende der Maurenkriege zu spekulieren. Dieses Ansinnen muss

aber abgelehnt werden, da es die soziale Stabilität
der beiden Königreiche gefährdet. Bei diesem Plan
würde eine große Anzahl entlassener Soldaten durch
die Flure wandern, die sich dann keine Hoffnung auf
staatliche Unterstützung beim Aufbau einer Zivil-
existenz machen könnten. Eine Finanzierung durch
eine Sonderbesteuerung auf Pfeffer und Gewürz-
nelken erscheint uns dem Zweck angemessener.

Zeitplan: Der vorgeschlagene Zeitplan (Start 1492,
Rückkehr 1493) ist außerordentlich optimistisch. Die
Planungstafeln des NASA-Hauptquartiers belegen,
dass das nautische Personal Ihrer beiden Majestäten
Administration bis etwa 1508 vollständig mit dem
Aufbau der Infrastruktur für zukünftige institu-
tionelle Fernreiseprojekte ausgelastet ist, was eine
Unterstützung des Antragsvorhabens bis dahin un-
möglich macht.

Küsten-Anlagen: Der Vorschlag des PL, die gesamte
Mission von dem unbedeutenden kastilischen Hafen
in Palos aus durchzuführen, wird absehbar nicht die
notwendige politische Unterstützung finden. Dadurch ist die langfristige Stabilität des Programms
gefährdet. Wir schlagen deshalb vor, Anlagen für die
Wartung, den Bau und die Versorgung der Schiffe
entlang der gesamten Küste an verschiedenen Ha-
fenstädten zu etablieren. Diese Hafenstädte sollten
unter dem Einfluss wichtiger Adelsfamilien stehen.
Aus politischen Gründen sollte zusätzlich darauf
geachtet werden, dass mindestens 40 Prozent der
Missionskosten im Königreich Aragonien ausgege-
ben werden.

Management: Die vorgeschlagene Managementstruktur mit einem »Admiral zur See«, der alle Aspekte der Mission direkt kontrolliert, ist im gegebenen politischen Umfeld nicht durchführbar. Auf keinen Fall kann ein Nicht-Spanier von niederer Geburt eine solche Position innehaben. Eine politisch sensible Mission dieses Charakters erfordert einen Missionsmanager von königlichem Geblüt, bevorzugt aus dem Herzogsstand, sowie einen Stab von Subsystem-Verantwortlichen aus dem Stand des niederen Adels.

Human Resources: Im Angebot ist die gesetzlich vorgeschriebene Quotenregelung für die Beschäftigung von Veteranen aus den Maurenkriegen sowie für kriegsbeschädigte Galeerensklaven nicht erfüllt worden. Als inadäquat erkannt worden sind auch die Sicherheitsmaßnahmen gegen die potenzielle Infiltration des Projektes durch Häretiker. Der ungebührliche Schwerpunkt des Angebotes auf die kommerzielle Seite des Unternehmens erfordert eine Überprüfung durch die Heilige Inquisition der Mutter Kirche. Auch eine Untersuchung der Person des PL durch die Heilige Inquisition erscheint in diesem Zusammenhang als ratsam.

Empfehlung des Ausschusses

Das Auswahlkomitee kommt nach eingehender Prüfung des Antrags zu dem Schluss, dass der vorgeschlagene Plan in seiner jetzigen Form undurchführbar ist. Trotzdem ist die zugrundeliegende Idee einer Westroute zu den Gewürzinseln attraktiv und sollte weiter gefördert werden. Ein solches Großforschungsprojekt gehört allerdings unter die Planungshoheit der NASA, welche über die notwendigen personellen und materiellen Ressourcen und Erfahrungswerte verfügt. Dies auch im Licht der jüngsten Unternehmungen des Königreiches Portugal, vor allem mit der spektakulären Mission »Afrikanische Seeroute nach Indien«.

Wir schlagen daher ein fünfstufiges Alternativprogramm vor und stellen es Ihren königlichen Majestäten zur Genehmigung anheim:

1. Ein technisches Vorläuferprogramm speziell auf dem Gebiet der Navigation ohne Landsicht unter besonderer Berücksichtigung der Längengradbestimmung sowie der Entwicklung von Lebenserhaltungssystemen für Langzeit-Seemissionen unter Einbeziehung der Ozeanischen Forschungsstation im Zeitrahmen etwa ab 1508.
2. Durchführung einer Reihe unbemannter Missionen zur Erforschung der Meeresströmungen und Windbedingungen im Westozean im Zeitraum 1515–1530.
3. Phasenweiser Beginn bemannter Missionen mit zunehmendem Komplexitätsgrad etwa 1530–1540 mit dem Zielpunkt »Kanarische Inseln«.
4. Ausbau der Kanarischen Inseln als »Absprungbasis über den Westozean« etwa im Zeitraum 1540–1560. Dabei Erprobung der Expeditionsausrüstung für die Westozean-Durchquerung.
5. Beginn bemannter Missionen über den Westozean etwa ab 1560.

Ein Programm mit diesen vernünftig terminierten und politisch durchsetzbaren Vorgaben würde eine adäquate Basis für eine langfristig angelegte und auf Expansion bedachte spanische Seemacht bilden. Die Zukunft, die Größe und die Bedeutung der Vereinigten Spanischen Königreiche erlauben nichts Geringeres.

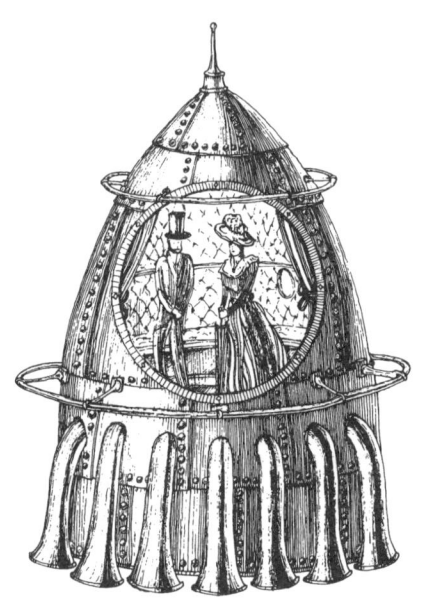

YOU'RE ON YOUR WAY, JOSÉ!

Eines der bekanntesten Zitate aus dem bemannten amerikanischen Raumfahrtprogramm ist ein kurzer Satz von Deke Slayton, einem der legendären Mercury-Astronauten. Er fungierte beim Start von Alan Shepard, dem ersten amerikanischen Raumfahrer, als CapCom. Das Missionskontrollzentrum in Houston existierte damals noch nicht. Stattdessen saß er im sogenannten Blockhaus an einer der Konsolen, nur wenige Hundert Meter von der Startrampe entfernt. Im Moment des Abhebens gab er an Alan Shepard durch: »You're on your way, José!« Ein Satz, bei dem in den frühen 60ern in den USA jedem der Kontext augenblicklich klar war und der für Schmunzeln sorgte. Heute ruft diese Formulierung aber selbst bei gewieften Raumfahrthistorikern eher Stirnrunzeln hervor. Was sollte der flapsige Satz von Donald Slayton?

Um das zu ergründen, müssen wir uns vor Augen halten, dass zu den Zeiten des Mercury-Projekts, dem ersten bemannten US-Raumfahrtprogramm, der Begriff der Political Correctness noch nicht geboren war. Jedermann nahm es als gegeben an, dass man in einer exponierten Position auch einmal kleines Geschäft machen konnte, ohne dass es sofort zu einem Aufschrei der Entrüstung kam. Im Gegenzug galt es als genauso selbstverständlich, dass man gewisse Nachteile aus einer Beschäftigung – in diesem Falle als Astronaut – klaglos hinzunehmen hatte. Ganz generell wurde viel weniger Aufhebens gemacht als heute. Man kam mit einem Bruchteil an Vorschriften aus, und trotzdem war alles irgendwie geregelt.

So bekamen die ersten sieben Mercury-Raumfahrer – auf Empfehlung der NASA – einen Exklusivvertrag mit dem *Life Magazine*, das jedem von ihnen über die Jahre insgesamt 80 000 Dollar einbrachte. Das entspricht nach heutigem Geldwert einer Summe von 650 000 Dollar. Die Überlegung der NASA war: Lieber mit einem einzelnen, ausgewählten Nachrichtenmedium zu tun haben als jedes Mal mit der gesamten Presse. Und so versteigerte man die Rechte an den Mercury-Storys einfach. Heute wäre so etwas undenkbar.

Ein Nachteil, mit dem die Mercury-Astronauten leben mussten, resultierte aus dem Umstand, dass sie von ihren jeweiligen Waffengattungen (also der Air Force, der Navy und den Marines) für einen Drei-Jahres-Törn zur NASA abgestellt wurden, der sich jeweils wiederum um drei Jahre verlängern konnte. Da sie aber nicht mehr in ihre normale Militärlaufbahn eingebunden waren, wurden sie nicht weiter befördert. Ein weltbekannter Astronaut wie Virgil Grissom beispielsweise war 1966 immer noch Major und bekam die entsprechende Bezahlung. Und nicht nur das: Da die Mercury-Astronauten nicht mehr am Flugbetrieb ihrer Stammeinheiten teilnehmen konnten, flogen sie auch viel weniger und bekamen entsprechend weniger Flugzulage ausbezahlt. Vor diesem Hintergrund erscheint so eine Sache wie das »Zusatzgehalt« des *Life Magazines* durchaus akzeptabel.

Ganz anders war das bei den Sowjets. Juri Gagarin beispielsweise wurde nach seinem Orbitalflug sofort vom Oberleutnant zunächst zum Major befördert (und übersprang dabei zwei Rangstufen) und wenig später sogar zum Oberst (und übersprang gleich noch einmal zwei Dienstgrade).

Erst Jahre später gab es ein Abkommen zwischen der NASA und den Militärbehörden, dass die Astronauten im normalen Beförderungszyklus ihrer Militäreinheiten eingebunden blieben. Noch später galt dann eine Art Senioritätsprinzip, wobei die Anzahl der absolvierten Raumflüge oder bestimmte Funktionen innerhalb der NASA in die militärische Rangermittlung miteingebracht wurden. Besser dran waren da von vornherein Astronauten, die aus dem zivilen Sektor kamen, wie etwa Neil Armstrong. Sie verdienten im Schnitt das Doppelte ihrer Militärkollegen.

Es gab allerdings noch andere Vergünstigungen, bei denen gelegentlich die eine Hand die andere wusch. So lebte in Cocoa Beach ein Autohändler von General Motors namens Jim Rathmann. Der war auf seine eigene Art eine Berühmtheit. Er hatte einst das Traditionsrennen »Indy 500« gewonnen und verstand es, durch allerlei Werbemaßnahmen seine Popularität und seinen Autoabsatz hoch zu halten. Er kam auf die Idee, die Mercury-Astronauten mit dem neuesten Modell der Cadillac-Corvette auszustatten. Um dem Ganzen einen halbwegs legalen Anstrich zu geben, mussten die Astronauten einen Leasing-Vertrag unterschreiben. Im Gegenzug dafür konnte Rathmann damit werben, dass die sieben Mercury-Astronauten alle seine Sportwagen fuhren. Und das taten sie auch, bis auf einen, denn John Glenn lehnte ab. Grissom und Shepard ließen ihre Corvettes von Rathmann sogar noch zusätzlich tunen, fuhren sie mit einem stärkeren Motor und breiten Rennreifen und lieferten sich damit legendäre Rennen.

Im Jahre 1969 bekamen die Astronauten von Apollo 12 sogar ein Corvette-Sondermodell in einem Gold-Schwarz-Farbschema, das Alan Bean (der Landefährenpilot von Apollo 12) selbst entworfen hatte. Dieses Modell des 427 Sting Ray Coupés hatte nicht weniger als 390 PS. Keiner dachte sich damals etwas dabei, und die Sache war obendrein von der NASA abgesegnet.

Doch nun zu José Jiménez, denn auch er war, auf ganz andere Weise, ein Beispiel für das damalige Verständnis von Political Correctness, oder genauer gesagt für das völlige Fehlen dieser Idee.

José Jiménez ist eine fiktionale Figur, die der amerikanische Komiker Bill Dana in den späten 50er Jahren erfunden hat. Ein mexikanischer Einwanderer, braunhäutig, grenzdebil, naiv und gutmütig, der stets von Dingen überrollt wird, die er – scheinbar – nicht begreift. In seiner naiven Art stellt er dabei genau die Fragen, die sich eigentlich jeder stellt, aber nicht auszusprechen wagt. Und er gibt – neben jeder Menge albernen Blödsinns – vordergründig dumme, aber hintergründig sehr substanzielle Antworten auf die Probleme der damaligen Zeit.

Bill Dana ließ José Jiménez in einer ganzen Reihe von Rollen agieren. Am weitaus bekanntesten war er als Astronaut. Er war so populär, dass er auch bei der täglichen Arbeit der Mercury-Astronauten zum Running Gag wurde, und im Sprechfunkverkehr gab es bis in das Apollo-Programm hinein immer wieder Referenzen auf ihn.

Bill Dana spielte José Jiménez mit starkem spanischen Akzent, Wortverballhornungen, einer Mimik und einem Gestus, der das Publikum schon in Lachkrämpfe fallen ließ, noch bevor das erste Wort gesprochen war. In der Ed-Sullivan-Show, wo Dana/Jiménez Stammgast war, begann eine typische Szene etwa so:

Sullivan: »Meine Damen und Herren, der Gentleman, den sie jetzt gleich treffen werden, ist möglicherweise die wichtigste Person, die Sie bisher in Ihrem Leben kennengelernt haben. Es handelt sich um den Offizier der US-Luftwaffe, der als erster Mensch in den Weltraum fliegen wird. Ich freue mich, Ihnen den Chefastronauten der amerikanischen interplanetaren Expeditionskräfte vorzustellen. Hier ist er.«

José Jiménez schlurft langsam herein. Er trägt einen silbernen Raumanzug, den Helm unter den Arm geklemmt, schaut sich erstaunt auf der Bühne um und zuckt zusammen, als er angesprochen wird. Nach dem Begrüßungsgeplänkel fragt der Moderator:

»Mr. Jiménez, können Sie uns etwas über Ihren Raumanzug erzählen?«

Jiménez: »Ja. Er ist sehr, sehr unbequem.«

Sullivan: »Wie viel hat dieser Raumanzug gekostet?«

Jiménez: »Dieser Raumanzug kostet 18 000 Dollar.«

Sullivan: »18 000 Dollar?«

Jiménez: »Jaja.«

Sullivan: »Das hört sich ziemlich teuer an.«

Jiménez: »Nun ja, er hat ja auch zwei Paar Hosen.«

Sullivan: »Mr. Jiménez, wenn Sie nach Ihrem

Raumflug zur Erde zurückkehren, wo werden Sie dann landen?«

Jiménez: »Ich werde in Nevada landen.«

Sullivan: »Sie werden im Bundesstaat Nevada landen?«

Jiménez: »Ja, ich werde im Bundesstaat Nevada landen. Ich weiß nur nicht, wie tief drin im Bundesstaat Nevada.«

Sullivan: »Aber die NASA hat doch sicher Vorkehrungen getroffen, um Ihren Rücksturz zur Erde abzubremsen.«

Jiménez: »Ja: Nevada.«

Und schließlich sollte er noch ein paar abschließende Worte an die Zuschauer richten: »Menschen. In den Vereinigten Staaten von Amerika. Bitte lasst nicht zu, dass man mir das antut.«

Der Plot war so gnadenlos, dass Bill Dana die Figur Anfang der 70er Jahre aufgrund von Protesten der mexikanischen Minderheit aufgeben musste.

EIN BIER ZU VIEL

Die Genehmigung für den zweiten bemannten sowjetischen Raumflug verzögerte sich bis weit in den Sommer 1961. Dabei war dieser Einsatz schon vor Gagarins Flug im Detail durchgeplant worden, auch der Kosmonaut stand längst fest: German Titow. Die Freigabe erfolgte schließlich ganz beiläufig und informell.

Mitte Juli hatte Nikita Chruschtschow die Leiter der großen Konstruktionsbüros in seine Datscha auf der Krim eingeladen. Am Ende des Treffens wies er den leitenden Raketenkonstrukteur Sergei Koroljow unvermittelt an, dass die Titow-Mission nicht später als am 10. August stattfinden dürfe. Koroljow hatte keine Ahnung, warum der Staatschef ausgerechnet auf diesen Termin insistierte. Später allerdings machte er sich einen Reim darauf: Am 13. August begann die Errichtung der Berliner Mauer, da konnte die sozialistische Welt eine moralische Stärkung wie den Wostok-2-Flug gut gebrauchen.

Titows Flug am 6. und 7. August dauerte 25 Stunden und verlief problemlos, wenn man einmal davon absieht, dass er das erste Opfer der Raumkrankheit wurde. Und wenn man davon absieht, dass er unmittelbar nach seiner Rückkehr, ohne groß nachzudenken, eine Flasche Bier auf einen Zug hinunterstürzte und damit seine Blutwerte ruinierte, auf welche die Mediziner so gespannt gewartet hatten.

STERNSCHNUPPEN

Raumfahrt-Fans wie ich, die in den 60er und 70er Jahren enorme Entwicklungssprünge in unfassbar kurzen Zeiträumen erlebt haben, bedauern die heute quälend langsamen Fortschritte bei der Eroberung des Weltraums.

Selbst kleinste Programme und unwesentliche Entwicklungen dauern Jahrzehnte. Es gibt keine klaren, herausfordernden und wirklich interessanten Ziele mit knackigen Zeitvorgaben, und wenn doch ausnahmsweise Initiativen zu spannenden neuen Leuchtturmprojekten starten, dann kann man fast mit Sicherheit davon ausgehen, dass kurz darauf alles gleich wieder zusammengestrichen, verkleinert und verschleppt wird, bis das Vorhaben in der Versenkung verschwindet.

Unter diesen Voraussetzungen kann sich keine prosperierende Weltraumindustrie entwickeln, die doch der Schlüssel für Expeditionen zu den Planeten und eines Tages auch zu den Sternen wäre.

So mancher hat sich deswegen schon gefragt, welchen Beitrag er persönlich leisten kann, um die Sache ein wenig anzuschieben. In Europa zeigt nach wie vor niemand so recht Interesse an privatwirtschaftlichen Raumfahrtinitiativen, in den USA wurden aber die Voraussetzungen dank kluger regulatorischer Vorgaben der Regierung in den letzten Jahren deutlich verbessert. Und so gibt es eine ganze Reihe von Mäzenen und

Unternehmern wie Jeff Bezos und Elon Musk, die sich heute auf diesem neuen Feld tummeln.

Auch Charlie Chafer hat das getan und in Houston eine Firma mit der Bezeichnung Space Services Incorporated gegründet. Die Sparte Consumer Products bietet dabei eine ganz besondere Geschäftsidee, um der privaten Raumfahrtindustrie auf die Sprünge zu helfen. Charlie Chafer vermarktet die ultimate, die finale Raumfahrtanwendung. Das Wort »Service« hat im Englischen viele Bedeutungen. Es kann ganz allgemein eine Dienstleistung bezeichnen oder auch, und damit nähern wir uns dem Kern der Sache, einen Gottesdienst. Oder ein Begräbnis. Damit es nicht zu geschäftsmäßig klingt, nennt Charlie Chafer diese Sparte »Celestis«. Mit dem Untertitel »A step into the Universe«, also »ein Schritt ins Universum«. Das trifft es irgendwie, denn Space Services Incorporated ist ein Bestattungsunternehmen. Doch ob das die Raumfahrt-Freaks im Auge hatten, als sie Raumflüge für alle forderten?

Letztlich ist es egal, wo man anfängt beim Aufbau der privaten Raumfahrtindustrie, meint Chafer. Sterben muss schließlich jeder, und von den Lieben, die für immer von uns gehen, hätte gerne so mancher schon zu Lebzeiten einen Flug ins All unternommen. Aber es gab einfach zu wenige Stellenangebote für Astronauten. Und erst die Anforderungen, die man erfüllen muss. Wer bitte soll das als Lebender schaffen? Aber einen Toten fragt keiner nach dem fliegerärztlichen Tauglichkeitszeugnis, 3000 Flugstunden auf Hochleistungsjets, einer mehrjährigen Praxis als Testpilot und mindestens zwei Diplomen in Ingenieurswissenschaften.

Charlie Chafer jedenfalls ist überzeugt, dass Weltraumbegräbnisse ein sehr lebendiges Business sind. Und so praktisch, weil es schrittweise wachsen kann. Er stellt sich die Sache in etwa so vor: »Space Funerals« werden mit der Zeit immer bekannter. Mehr und mehr Leute lassen sich auf diese Art beerdigen, Space Services kauft mehr und mehr Raumtransporte. Die wiederum werden durch die steigende Nachfrage billiger, andere Kunden – wissenschaftliche und private – können sich dann ebenfalls Raumtransporte leisten, die Preise sinken weiter, et voilá, der Grundstein für ein eigenständiges, außerstaatliches Weltraumbusiness ist gelegt und die Toten haben den Lebenden einen letzten Dienst erwiesen.

Chafer ist nach eigener Aussage ein Hardcore-Raumfahrtfan. Nicht ohne Stolz merkt er an: Trotz der Aufregung über Weltraumtourismus, privat finanzierte wiederverwendbare Raumfahrzeuge und anderes Raumfahrtbusiness, das sich nach und nach, aber leider nur mit gletscherhaft langsamer Geschwindigkeit entwickelt, ist Space Services derzeit eine der noch recht wenigen kommerziellen Raumfahrtfirmen, die wirklich im Hier und Jetzt arbeiten und der privaten Raumfahrtindustrie echte Aufträge für gutes Geld verschaffen.

Alles paletti also, und die einzige nicht ganz so rosige Seite an der Sache ist – aber das hatten wir ja schon –, dass damit momentan weiterhin die Chance für den Normalbürger, unmittelbar an einer Weltraummission teilzunehmen, nur darin besteht, tot zu sein.

Für umgerechnet etwa 4000 Euro füllt Space Services eine Kapsel in der Größe eines Lippenstifts mit sieben Gramm Asche des Verstorbenen ab, packt das Ganze mit einigen Dutzend anderen Kapseln in einen Kanister und arrangiert, dass dieses Paket in den Weltraum geflogen wird. Die Angehörigen werden eingeladen, dem Start der Rakete beizuwohnen und anschließend an einer kleinen Gedenkfeier teilzunehmen, sobald die lieben Freunde und Verwandten im Himmel angekommen sind. Als Andenken für die Hinterbliebenen gibt es ein Erinnerungsvideo vom Start.

Wem 4000 Euro zu teuer sind: Space Services bietet auch eine Sparversion an. Für etwa 700 Euro kann man ein Gramm Totenasche in einem Behälter von der Größe einer Knopfzellenbatterie in den Weltraum schicken. Chafer denkt praktisch und meint, dass die Begräbniskosten im Weltraum nicht höher sein sollten als für ein Begräbnis auf der Erde.

Space Services hat seinen Begräbnisservice schon etliche Male durchgeführt. Nicht immer allerdings erreichte die Rakete den Weltraum, ein Risiko, mit dem man auch als toter Astronaut immer rechnen muss. So erging es 2008 ausgerechnet der Asche des Astronauten Gordon Cooper, der als Lebender in den Programmen Mercury und Gemini problemlos den Orbit erreicht hatte. Für solche Fälle verspricht die Firma einen kostenlosen Wiederholungsflug. Wir erinnern uns, es sind nur maximal sieben Gramm Asche pro Verstorbenem dabei. Da bleibt schon was übrig, wenn es nicht gleich beim ersten oder zweiten Anlauf klappt.

Inzwischen wurden die sterblichen Überreste von vielen Hundert Menschen in den Weltraum transportiert. Die Nachfrage ist enorm, und die Interessentenliste wird immer länger. Hauptkunden sind die langsam alternden Baby-Boomer, die sich für ihre letzte Stunde mal was anderes gönnen wollen als das übliche traditionelle Begräbnis. Diese Kunden sichern sich schon jetzt, noch zu Lebzeiten, ihr ganz persönliches Startfenster. Vor allem in Asien und den USA besteht eine enorme Nachfrage, aber die Kunden kommen auch aus Argentinien, Kanada, Frankreich, Deutschland, Großbritannien und Mexiko.

Eine Reihe von Leuten haben übrigens schon vor Celestis und Space Services Weltraumbegräbnisse bekommen, allerdings eher durch gute Beziehungen als durch einen regulären Bestatter. Die Asche des Star-Trek-Erfinders Gene Roddenberry etwa kam in den Weltraum, weil ein alter Freund, der rein zufällig Astronaut bei der NASA war, sie dorthin mitnahm. Und die Asche des berühmten Kometenforschers Eugene Shoemaker wurde von seinen ehemaligen Kollegen in die Raumsonde Lunar Prospector gepackt, bevor die zum Mond startete. Mit solchen Kollegen- und Freundeskreisen können die meisten von uns nicht aufwarten, aber für uns Normalbürger wird es zukünftig Charlie Chafer als Anlaufstelle geben. Space Services Incorporated erfüllt der Frau und dem Mann von der Straße endlich den lebenslangen Traum vom Flug in den Weltraum.

TOD ODER SCHLEUDERSITZ

Die Sicherheit von Astronauten ist für jede Weltraummission ein wichtiges Thema. Im Projekt Mercury und später bei Apollo setzte man auf den Escape Tower, zu Deutsch Fluchtturm oder Rettungsrakete. Deren Aufgabe war es, im Falle eines vollständigen Versagens der Trägerrakete die abgesprengte Besatzungskabine aus dem Gefahrenbereich zu entfernen und so hoch zu tragen, dass die Hauptfallschirme der Landekapsel ausgelöst werden können. Für die Gemini-Serie aber war dies keine Lösung, denn die Geminis waren Zweisitzer, die Mercurys nur Einsitzer. Die Leistungsfähigkeit des Fluchtturms hätte deutlich erhöht werden müssen, und daraus ergab sich ein Gewichtsproblem. Im Projekt Mercury wog der Fluchtturm annähernd 600 Kilogramm. Ein noch höheres Gewicht hätte die Titan-II-Trägerrakete des Gemini-Programms nicht tragen können. Man verfiel daher für Gemini auf eine Alternativlösung, die den Astronauten gar nicht gefiel, die sie aber immerhin schon aus ihrer Militärfliegerpraxis kannten: den Schleudersitz.

Die Schleudersitze sollten in allen Gefahrensituationen eingesetzt werden können, die im Projekt Mercury mit dem Fluchtturm abgedeckt waren. Also am Boden und bis hinauf in eine Höhe von 30 Kilometern und eine Geschwindigkeit von Mach 2,5, also zweieinhalbfacher Schallgeschwindigkeit. In den Bereichen darüber konnten die Bordtriebwerke des Raumschiffs verwendet werden, um die Kapsel von einem eventuell explodierenden Träger zu entfernen.

Die Aussicht, bei doppelter Schallgeschwindigkeit in der oberen Stratosphäre das Raumfahrzeug mit einem Schleudersitz verlassen zu müssen oder sich das Rückgrat beim Ausschleudern auf der Rampe zu ruinieren, war für die Astronauten nicht sonderlich beruhigend. Aber der Zeitdruck im Rennen auf den Mond war enorm, und so bekam die Firma Weber Aircraft den Auftrag, den ungeliebten Schleudersitz zu entwickeln.

Immerhin bekamen die Astronauten ein unbegrenztes Mitspracherecht bei der Frage, ob und wann der Schleudersitz zu benutzen sei. Während der Fluchtturm des Mercury-Programms wie später bei Apollo nicht nur manuell, sondern auch automatisch und ohne Zutun der Astronauten aktiviert werden konnte, oblag die Entscheidung, sich aus dem Gemini-Raumfahrzeug herauszukatapultieren, ausschließlich und alleine der Besatzung.

Die Schleudersitze funktionierten dabei als ein einheitliches System. Jeder der beiden Astronauten konnte den Escape-Ring zwischen seinen Beinen ziehen, um beide Luken wegzusprengen; beide Astronauten würden gleichzeitig von den Raketentreibsätzen, die in die Sitze integriert waren, ausgeschleudert werden. Die Zündung der beiden jeweils 2650 Kilopond starken Feststoffraketen erfolgte 0,2 Sekunden nach der Aktivierung. Die Brenndauer betrug 0,25 Sekunden, und die Belastung für die Astronauten belief sich auf 24 g. Ein wahrer »Rückgratbrecher«.

Die Abfolge der Vorgänge unterschied sich entsprechend der Höhe, in der das Ausschleudern erfolgte. Bei einem Ausschuss auf der Startrampe, einem Launch Pad Abort, würden sich die Männer 1,1 Sekunden nach dem Verlassen des Raumfahrzeugs von den Sitzen trennen und hätten 2,3 Sekunden nach dem Ausschleudern eine Höhe von etwa 115 Metern erreicht. Innerhalb einer Sekunde würden der Stabilisierungsschirm und der neun Meter durchmessende Hauptschirm geöffnet werden. Zehn Sekunden nach einem Launch Pad Abort wären die Astronauten bereits in einer sicheren Landezone etwa 300 Meter von der Rampe entfernt auf dem Boden gewesen.

Für Ausstiege in großer Höhe gab es noch eine Stabilisierungsballute, die verhindern sollte, dass der Astronaut in eine unkontrollierte Trudelbewegung geriet. Sie hatte die Form eines Kinderkreisels (allerdings bei einem Durchmesser von zwei Metern) und sollte in Höhen bis 25 Kilometer eingesetzt werden. Der Fallschirm hätte sich aber trotzdem erst in einer Höhe von etwa 1800 Metern geöffnet.

Das alles hört sich sehr gefährlich an. Und war es wohl auch. Nur geringfügig weniger gefährlich, als auf der explodierenden Rakete zu bleiben. Und so kam der Tag im Gemini-Programm, an dem die Schleudersitze hätten gefeuert werden müssen.

Eigentlich.

Am Sonntag, dem 12. Dezember 1965, bestiegen die Astronauten Walter Schirra und Thomas Stafford[*]

---

[*] *Genau! Eben jener Thomas Stafford aus der Einleitung.*

ihre Gemini-6-Raumkapsel, die sie zum ersten Weltraum-Rendezvous in die Umlaufbahn bringen sollte. Dort im Orbit warteten schon die Astronauten Frank Borman und James Lovell in Gemini 7, die acht Tage zuvor von derselben Rampe gestartet waren. Nach einem problemlosen Countdown, präzise um 9.54 Uhr, erwachten die beiden Raketenmotoren der Titan II zum Leben. 1,2 Sekunden lang fuhren die Triebwerke kreischend hoch. Im Raumfahrzeug lief der Missionstimer an, normalerweise der Hinweis für die Besatzung, dass die Rakete abgehoben hat. Dann aber wurden die beiden Aerojet-Triebwerke gurgelnd abgewürgt. Totenstille folgte, der Rauch wehte langsam über das Startgelände.

Die atemlos bangen Sekunden, die jetzt folgten, waren die spannungsgeladensten des ganzen Gemini-Programms. Wenn es je einen Zeitpunkt gegeben hatte, die Schleudersitze zu betätigen, um sich schnellstmöglich von dieser hochbrisanten Riesenbombe zu entfernen, dann jetzt.

Kenneth Hecht, der Boss des Gemini-Rettungs-, Lande- und Bergungsbüros und Spezialist für die Schleudersitze, war überrascht, dass die Crew sich nicht herauskatapultierte. Gemäß den Regeln, die für diese Art von Notfall festgelegt waren, hätte die Mannschaft jetzt genau das tun müssen. Bei der Titan II wäre es mit absoluter Sicherheit zur Katastrophe gekommen, wenn sich das Fahrzeug auch nur fünf Zentimeter von der Rampe erhoben hätte. In der Rakete befanden sich 136 Tonnen hochexplosiver Treibstoff. Ein Inferno schien sich anzubahnen, aber nichts geschah. Kommandant Schirra war derjenige, der den D-Ring hätte ziehen müssen. Doch er entschied sich dagegen.

In diesem Krisenmoment blieb der erfahrene Testpilot gelassen. Schirra verließ sich eiskalt auf seine eigenen Sinne. Er spürte, dass sich Gemini 6 nicht bewegt hatte, und er wusste, dass die Uhr nicht stimmte. Ohne sonderliche Erregung in der Stimme meldete er sich wenige Sekunden nach dem Shut-off des Triebwerks und gab schlicht und einfach eine technische Meldung durch: »Tankdruck sinkt.«

Eine Frage aber blieb unbeantwortet und ist wohl auch nicht zu beantworten. Als Schirra den Sitz nicht zündete, war das seine alleinige Entscheidung oder ein weiterer Beleg der Tatsache, dass keiner der Astronauten den ungeliebten Sitz je benutzen würde?

Bei einer Pressekonferenz sprach Stafford die enorme Beschleunigung an, der die Astronauten bei Benutzung ausgesetzt wären. Auch ein gut trainierter Mann würde mit Sicherheit erhebliche Verletzungen davontragen. Mit der gleichen Frage konfrontiert, antwortete Schirra: »Wenn dieser Booster hochgegangen wäre, ich meine, wenn er wirklich schon abgehoben und sich dann wieder zurückbewegt hätte, dann wäre es keine Frage gewesen. Nur eine Wahl: Tod oder Schleudersitz.«

MEIN VATER ERKLÄRT MIR JEDEN SAMSTAG UNSERE NEUN PLANETEN

Generationen von Schülern haben sich mit diesem kauzigen Satz die neun Planeten unseres Sonnensystems und ihre Reihenfolge eingeprägt. Die Eselsbrücke geht folglich so:

Mein	Merkur
Vater	Venus
Erklärt	Erde
Mir	Mars
Jeden	Jupiter
Samstag	Saturn
Unsere	Uranus
Neun	Neptun
Planeten.	Pluto

Aber halt mal! Neun Planeten?

Das können wir uns abschminken. Neun Planeten, das war mal, denn der Planetenklau geht um.

Die Internationale Astronomische Union IAU hat bei einer Tagung in Prag im August 2006 neue Kriterien dafür festgelegt, wann ein Planet ein Planet sein darf. Erstens: Es muss sich dabei um einen Körper handeln, der die Sonne umkreist, und nicht einen anderen Planeten, sonst handelt es sich nämlich um einen Mond. Gut, dagegen kann man nichts einwenden. Zweitens: Der Himmelskörper muss so viel Schwerkraft aufweisen, dass er kugelförmig ist. Das bedeutet in der Praxis, dass sein Durchmesser nicht unter 1000 Kilometer betragen darf. Auch okay, obwohl ein kartoffelförmiger Planet sicher besonders in ländlich geprägten Regionen großen Anklang finden würde. Ganz nebenbei: Ein Mensch, der zehn Semester Astronomie studiert hat, bezeichnet einen runden Himmelskörper natürlich niemals als kugelförmig. Der Astronom spricht von einem hydrostatischen Equilibrium. Ein Arzt spricht ja schließlich auch von Osteoporose, wenn er Knochenschwund meint.

Doch aufgemerkt, jetzt kommt's. Denn nach der neuen Definition der Astronomischen Union muss ein Gebilde, um als Planet durchzugehen, drittens seine Umlaufbahn um die Sonne von »kleineren Objekten gereinigt« haben. Das bedeutet, er muss so groß sein, dass er mittels seiner Schwerkraft alles eingesammelt hat, was ihm so an Asteroiden, Kometen und anderen Planeten auf seinem Weg um die Sonne in die Quere kommt.

Das hat Pluto das Genick gebrochen. Vielmehr dem Ex-Planeten Pluto. Der zieht seine Bahn nämlich im Kuiper-Gürtel, einer enormen Wolke eisiger Himmelskörper aller Größen, die sich völlig unbeeindruckt von Plutos Anwesenheit zeigt und sich partout nicht »wegsäubern« lassen will. Pluto gilt damit als unfähig, die geforderte Kehrwoche abzuhalten. Aufgrund dieses Mangels wurde ihm konsequenterweise der Rang eines Planeten aberkannt. Allerdings lässt sich nicht verleugnen, dass er rund ist und sich um die Sonne bewegt. Die Wissenschaftler gaben ihm daher gnadenhalber den Status eines Zwergplaneten.

Die Konferenz in Prag, bei der das festgelegt wurde, gilt heute als der »Prager Planetensturz«. Die Konsequenzen betrafen nicht nur den armen Pluto, sondern auch Tausende von Schul- und Lehrbüchern weltweit, die man anschließend umschreiben musste.

Dabei hätte man ihm gut und gerne den Status eines Planeten ehrenhalber zugestehen können. Schließlich ist er immer noch das größte unter den Objekten des Kuiper-Gürtels, obwohl seit dem Prager Planetensturz schon Hunderte neue Objekte entdeckt worden sind. Seitdem fürchte ich jedes Mal, wenn die Wissenschaftler der Internationalen Astronomischen Union zusammenkommen, neue Schikanen in der Planetenfrage.

Meine Bedenken gehen dahin, dass der Union etwas auffallen wird, was ihr bisher entgangen ist: Auch dem gewaltigen Neptun ist es nämlich nicht gelungen, seine Bahn um die Sonne sauber zu halten. In regelmäßigen Abständen kreuzt der leptosome Pluto mit seinen fünf Monden durch seine Bahn. Wenn die IAU konsequent ist, dann hilft da kein Jammern und kein Zagen: Neptun muss raus. Ich schlage den Wissenschaftlern schon mal vor, ihm den Status als »Größter Zwergplanet des Sonnensystems« einzuräumen.

Und jetzt wäre es wirklich ein Zeichen von Schwäche, weiter halbe Sachen zu machen. Die astronomisch Versierten werden sich erinnern: Der riesige Komet Shoemaker-Levy 9 kollidierte im Juli 1994 mit dem Jupiter. Und die Astronomen versichern uns, das sei kein

Einzelfall gewesen. Vielmehr würden ähnliche Vorfälle immer wieder passieren. Wer will da noch guten Gewissens von einer »gereinigten Bahn« sprechen? Schade, auf Jupiter müssen wir also auch verzichten im Reigen der Planeten. Geben wir ihm zum Ausgleich den Titel »Größter quer gestreifter Gaszwerg des Sonnensystems«.

Haben wir damit der wissenschaftlichen Correctness vollständig Genüge getan? Keineswegs, denn erst kürzlich lief eine Meldung der NASA über die Nachrichtenticker, nach der auf dem Mars so häufig Meteoriten einschlagen, dass davon eine erhebliche Gefahr für zukünftige Astronauten ausgeht. Auf seiner Bahn um die Sonne scheint sich kosmisches Geröll nur so zu tummeln. Von »gereinigter« Bahn keine Spur! So leid es uns tut, wir müssen konsequent bleiben. Wir machen also auch den Mars mobil, entfernen ihn aus der Liste und geben ihm dafür den Titel »Rötester Staubzwerg des Sonnensystems«.

Über diesen kleinen astronomischen Diskurs ist es jetzt dunkel geworden. Zeit für einen Spaziergang. Dabei kann ich gleich mal zum Himmel gucken und schauen, was noch übrig geblieben ist. Einen neuen Merkspruch werde ich auch gleich üben: Mein Vater Erzählt Samstags Unsinn.

WEIL ICH MICH ZU TODE FÜRCHTE

Die Crew der militärischen Shuttle-Mission STS-44 war im Mai 1990 bekanntgegeben worden. Der Start sollte im März 1991 erfolgen. Als Kommandant der sechsköpfigen Mannschaft fungierte ursprünglich Dave Walker, ein erfahrener Astronaut und einer der kompetentesten Piloten des Shuttle-Programms. Copilot wurde Terence Henricks.

Kurz nach der Mission von STS-30, bei der Walker ebenfalls das Kommando gehabt hatte, war es jedoch zu einem Vorfall im Luftraum über Washington gekommen: Walker passierte in seinem T-38-Jet einen Airliner der Pan Am in sehr geringem Abstand. Ein Near Miss der Klasse A, wie es in der Luftfahrtsprache heißt. Das bedeutet, dass die ernste Gefahr einer Kollision bestanden hatte.

Dieser Vorfall löste eine längere Untersuchung aus, bei der sich schließlich ergab, dass Walker von der Flugleitzentrale auf den falschen Weg geschickt worden war und keine Schuld an dem Vorfall hatte. Während der Untersuchung wurde jedoch seine Fluglizenz ausgesetzt. Da die NASA-Regeln besagten, dass jemand als Kommandant oder Pilot eines Shuttles über eine uneingeschränkt gültige Jet-Fluglizenz verfügen muss, suspendierte die NASA ihn trotzdem für die Mission

STS-44 und setzte Fred Gregory als Ersatz-Kommandanten ein.

Damit ergab sich die Konstellation einer ziemlich unerfahrenen Besatzung. Hinzu kamen zahllose Änderungen und Verschiebungen im Flugplan, so dass sich auch ein ungewöhnliches Spannungsniveau in der Crew aufbaute. Nur zwei Besatzungsmitglieder hatten überhaupt Flugerfahrung: Fred Gregory mit zwei vorausgegangenen Flügen und Missionsspezialist Story Musgrave, der bereits drei Flüge zu verzeichnen hatte. Alle anderen waren Weltraum-Neulinge. Ein Grund, dass sich diese vier »Rookies« vor allem an Story Musgrave hielten.

Der Start war ursprünglich für März 1991 geplant, am Ende wurde es der 24. November 1991. Die Besatzungsmitglieder befanden sich kurz nach Sonnenuntergang in der Raumfähre Atlantis, und als sich die Nacht über die Space-Coast senkte, gab es an Bord das übliche nervöse Wortgeplänkel, wie man es auch von Sportmannschaften kennt, bevor es hinaus zum Spiel in die Arena geht. Während die Scherze und Neckereien so hin und her gingen, fiel Henricks auf, dass Story Musgrave befremdlich ruhig war.

»Story«, fragte er, »wie kommt's, dass du da hinten so still bist?«

Musgrave antwortete schlicht: »Weil ich mich zu Tode fürchte.«

In diesem Moment wurde der Crew klar: Wenn sich selbst Story Musgrave fürchtete, seit 25 Jahren Astronaut und gerade dabei, seinen vierten Shuttle-Flug zu unternehmen, dann hatten sie allen Grund, es ihm gleichzutun.

AUSSENBORDMANÖVER

Bis auf den heutigen Tag ist der unerschütterliche Alexei Leonow eine Ikone der sowjetisch/russischen Raumfahrt. Er gehörte zusammen mit Juri Gagarin, German Titow und 17 weiteren Raumflugaspiranten zur ersten Kosmonautengruppe, die im Februar 1960 ausgewählt worden war. Wäre im sowjetischen Raumfahrtprogramm alles nach Plan gegangen und hätte man die notwendigen Ressourcen rechtzeitig zur Verfügung gestellt, dann hätte nicht Neil Armstrong als erster Mensch auf dem Mond gestanden, sondern Alexei Leonow.

Allerdings hätte er seine zumindest potenzielle Chance darauf beinahe schon recht früh verspielt. Und das hing mit seinem ersten Raumflug zusammen, den er zusammen mit Pawel Beljajew in Woschod 2 durchführte.

Entsprechend offizieller sowjetischer Presseverlautbarungen war die Mission eine technisch perfekte Glanzleistung, vollständig nach Plan abgelaufen. Demnach gelangte am 18. März 1965 das Raumschiff Woschod 2 mit den beiden Kosmonauten in eine Erdumlaufbahn. Nur 90 Minuten nach dem Start verließ Leonow das Raumschiff und schwebte etwa 20 Minuten lang neben der Woschod her. Danach kletterte er wieder in das Vehikel zurück, und nach 24 Stunden im Orbit – exakt wie vorgesehen – landeten die beiden Kosmonauten wieder wohlbehalten auf der Erde.

Erst Jahrzehnte später erfuhr man, dass die Mission von Anfang bis zum Ende eine glatte Katastrophe war und die beiden Kosmonauten nur mit viel Glück und um Haaresbreite überlebten. Der Flug zeigte solche technischen Mängel am Gerät auf, dass die Sowjetunion alle fünf weiteren geplanten Woschod-Flüge strich.

Für Leonows Außenbordmanöver hatten die sowjetischen Ingenieure eine aufblasbare Luftschleuse konstruiert. Das stellte im Prinzip eine geniale Lösung dar, denn für eine »richtige« Luftschleuse war in der engen Woschod-Kabine beim besten Willen kein Platz. Die Lösung der Amerikaner, einfach beide Raumfahrer in Außenbord-Anzüge zu stecken, dann die Luft aus der gesamten Kabine abzulassen und nach dem Ausstieg wieder aufzufüllen, verbot sich wegen entscheidender konstruktiver Unterschiede zwischen den sowjetischen und den amerikanischen Raumschiffen. Die aufblasbare Schleuse wurde aber im hastigen Bestreben, die Amerikaner im Wettlauf um das erste Außenbordmanöver zu übertreffen, viel zu wenig erprobt. Einen Monat zuvor hatte es einen unbemannten Testflug mit einem Woschod-Raumschiff mit der Tarnbezeichnung Kosmos 57 gegeben. Die Resultate aus diesem Flug waren unbefriedigend gewesen, um es milde auszudrücken. Tatsächlich gelang es noch nicht einmal, die Kapsel wieder zur Erde zurückzuholen. Zu allem Überfluss hatte sich auch der Selbstzerstörungsmechanismus (eine der verrückten »Sicherheitsvorkehrungen« des Kalten Krieges) aktiviert und Kosmos 57 im Orbit gesprengt. Trotz dieses glatten Fehlschlags beim Versuchsflug wagte man nur vier Wochen später den bemannten Einsatz.

Die aufblasbare Schleuse hatte den Nachteil, dass der zweite Kosmonaut, in dem Fall also Beljajew, weiterhin in seiner druckbeaufschlagten Kabine verblieb. So konnte er seinem Kameraden nicht zu Hilfe kommen, sollte der in Schwierigkeiten geraten. Und genau das passierte Leonow. Sein Raumanzug blähte sich bei dem 20-minütigen Weltraumausflug so auf, dass er nicht mehr in die Schleuse passte. Nach einigen vergeblichen Versuchen musste er angesichts der Gefahr, nicht mehr in das schützende Raumschiff zurück zu können, den Druck in seinem Anzug auf ein lebensgefährlich niedriges Niveau reduzieren. Damit gelang es ihm unter äußerster Anstrengung, wieder in der Schleuse Platz zu finden.

Nachdem Leonow wieder zurück in der Kabine war, wurde die Schleuse abgesprengt. Dabei kam es zu einem Leck in der Luke, wodurch der Sauerstoffverbrauch rapide zunahm. Die Flugleitung entschloss sich daraufhin zum Abbruch der Mission während der sechzehnten Erdumkreisung. Das war die erste Gelegenheit, zu der Woschod 2 nach dem Start das geplante Landegebiet überflog. Für eine vorzeitige Landung hätte aber die Flugsoftware vom Boden aus umprogrammiert werden müssen, was misslang. Am Ende musste Beljajew die erste manuell gesteuerte Landung in der sowjetischen Raumfahrtgeschichte durchführen. Ein offensichtlich viel zu wenig geübtes Manöver, und er vermasselte es. Die manuelle Zündung erfolgte 48 Sekunden zu spät.

Sofort tauchte das nächste Problem auf, denn nach dem Brennschluss trennte sich die Kapsel nicht vom Geräteteil. Dadurch taumelte das Raumschiff zu Beginn des Wiedereintritts heftig. Schließlich brannten die verbliebenen Verbindungen jedoch durch. All diese chaotischen Vorgänge hatten zur Folge, dass Woschod 2 den geplanten Landeplatz um etwa 2000 Kilometer verfehlte. Statt in der kasachischen Steppe ging das Raumschiff im Ural nieder, in einem tief verschneiten Wald.

Die beiden Raumfahrer überstanden die unsanfte Landung mit Prellungen und blauen Flecken und konnten sich durch Morsezeichen bemerkbar machen. Es dauerte aber vier Stunden, bis sie von einem Hubschrauber gesichtet wurden. Eine Landung des Helikopters war in den dichten Wäldern unmöglich. Selbst eine Bergung mit Seilwinde gelang in dem schwierigen Gelände nicht. Schließlich wurde es Nacht, die Rettungsversuche mussten abgebrochen werden und die beiden Kosmonauten im bitterkalten winterlichen Ural campieren. Erst 24 Stunden nach der Bruchlandung gelang es Spezialkräften, zu den Männern vorzustoßen. Auf Skiern fuhren sie dann zur nächsten Lichtung, wo man sie schließlich aufnahm.

Obwohl die Mission am Ende ein letzter Triumph der bemannten sowjetischen Raumfahrt im Wettrennen um den Mond war, stellte Woschod 2 – ohne dass es damals irgendjemand ahnte – den Wendepunkt in der Weltraumkonkurrenz zwischen der Sowjetunion und den USA dar. Von nun an übernahmen die Amerikaner die Führung.

FEHLSTARTS (2)

Projekt Mercury war das erste bemannte Raumfahrt-programm der USA. Es lief zwischen Dezember 1958 und Juni 1963. Im Rahmen dieses Vorhabens wurden insgesamt 26 Starts mit vier verschiedenen Typen von Trägerraketen durchgeführt. Sechs dieser Starts scheiterten aus den unterschiedlichsten Gründen. Zwei weitere Flüge kann man bestenfalls als Teilerfolge einstufen. Doch keiner der Astronauten und auch keiner der vier eingesetzten Primaten (zwei Rhesusaffen und zwei Schimpansen) kam dabei zu Schaden. Alle sechs bemannten Flüge des Projektes waren ein voller Erfolg. Doch diese Betriebssicherheit zu erreichen war ein langer und steiniger Weg.

Für die bemannten Flüge setzte die NASA zwei Typen von Trägerraketen ein. Eine der beiden war die Redstone, ein direkter Abkömmling der deutschen V2-Rakete. Sowohl die V2 als auch die Redstone wurden von Wernher von Braun und seinem Team entwickelt. Produziert wurde die Rakete dagegen von Chrysler. Die Redstone war bei der US-Armee als taktische Kurzstreckenrakete eingesetzt und wurde für die unbemannten Missionen sowie die bemannten suborbitalen Flüge im Projekt Mercury modifiziert. Insgesamt kam sie dort sechsmal zum Einsatz. Dabei wurde neben den beiden Astronauten Shepard und Grissom auch der Schimpanse Ham ins All befördert.

Die zweite Rakete für bemannte Flüge im Mercury-Programm war die Atlas D. Sie war eine nur wenig modifizierte Interkontinentalrakete der ersten Generation. Hersteller war die Firma Convair. Sie wurde zehnmal eingesetzt, davon viermal bemannt und einmal mit dem Schimpansen Enos an Bord.

Das Hauptaugenmerk bezüglich der Betriebssicherheit der Raketen lag naturgemäß auf diesen beiden Raketentypen für bemannte Missionen. Im August 1959 schätzte die NASA die Wahrscheinlichkeit, das Missionsziel bei einer suborbitalen Redstone-Mission zu erreichen, auf 78 Prozent. Die Wahrscheinlichkeit für den Piloten, einen Redstone-Flug zu überleben, bewertete man mit 99 Prozent.

Bei einem von hundert Flügen mit dem Tod des Astronauten zu rechnen, wäre heutzutage ein etwas fraglicher Wert. Damals aber wurde diese Zahl als derart positiv betrachtet, dass man von weiteren Verbesserungen an der Mercury-Redstone-Kombination absah. Man nahm zwar an, dass etwa jeder fünfte Start scheitern würde, aber der Fluchtturm im Falle einer Explosion des Trägers den Astronauten in seiner Mercury in den allermeisten Fällen in Sicherheit bringen konnte.

Bei der Atlas sah die Sache nicht so vorteilhaft aus. Die hatte im August 1959 erst wenige Testmissionen absolviert, und etwa jede zweite endete als Fehlschlag. Im November 1959 informierte die Luftwaffe als Betreiber der Atlas die NASA, dass sie für Mitte 1961 – für diesen Zeitpunkt plante man den Beginn der bemannten Orbitflüge – eine Zuverlässigkeitsquote von 75 Prozent erwartete. Das sei allerdings sehr optimistisch.

Die NASA war von diesen Zahlen verständlicherweise wenig begeistert, deshalb legte sie auf die Tests ihres Startrettungssystems größten Wert. Dieses System wurde aus Kostengründen zunächst auf einer kleineren Rakete erprobt, der Little Joe. Und mit ihr ereignete sich am NASA-Versuchsgelände in Wallops Island in Virginia an der Atlantikküste eine äußerst rätselhafte »Anomalie«, bei der nur durch großes Glück niemand zu Schaden kam.

Am Morgen des 21. August 1959, einem Freitag, saß die erste Little Joe mit der Bezeichnung LJ-1 auf ihrem nach Osten zum Meer hin geneigten Startpylon. An ihrer Spitze eine Mercury-Testkapsel. Ohne Fallschirmsystem, jedoch mit einem aktiven Fluchtturm. Aufgabe dieser ersten Mission war es, die Rettungsrakete unter einer Belastung zu testen, wie sie als Maximum für einen Atlas-Start errechnet worden war. 35 Minuten vor der Zündung begann die Evakuierung des Startgeländes. Gerade wurden die Batterien für den Programmgeber der Flugsequenz und das Selbstzerstörungssystem geladen, als es urplötzlich einen grellen Blitz gab, gefolgt von einem ungeheuren Aufbrüllen. Fotografen und Techniker hechteten in Deckung, und im selben Moment war der Spuk auch schon vorbei.

Als die verdutzten Beobachter wieder die Köpfe hoben, sahen sie, dass sich Fluchtturm und Kapsel selbstständig gemacht hatten. Sie waren einfach gestartet. Und zwar ohne ihre Trägerrakete. Die Little Joe stand völlig intakt in der Startlafette. Ein Blick nach oben zeigte, was weiter geschah, denn inzwischen hatte die Kapsel mit etwa 650 Metern die größte Höhe ihrer parabelförmigen Bahn erreicht. In diesem Moment gab der Spannring den Fluchtturm frei, eine kleine Feststoffrakete trennte ihn von der Testkapsel, und 20 Sekunden nach dem unfreiwilligen Abschuss krachte die Mercury vor dem Strand ins Wasser.

Als Ursache für den befremdlichen Vorfall wurde eine Drahtwicklung ausgemacht, die man erst nachträglich in die Kapsel eingebaut hatte. Sie war als »positive« Redundanz eingeführt worden, um das Leben der Versuchstiere besser zu schützen, die man bei den kommenden Flügen einzusetzen gedachte. Dieser zusätzliche Schaltweg sollte genau das verhindern, was passiert war, nämlich das unbeabsichtigte Abfeuern des Fluchtturms.

Dem ersten bemannten Redstone-Flug des Mercury-Programms, er trug die Bezeichnung MR-3, sollten die unbemannten Testmissionen MR-1 und MR-2 vorausgehen. Flugdirektor und Startteam kamen überein, die Kapsel für die MR-1-Testmission mit dem Sicherheitssystem im Open-Loop-Modus zu fliegen. Das bedeutete, dass die Kapsel zwar über Telemetrie melden würde, wenn sie einen Flugabbruch plante, diesen Flugabbruch aber nicht durchführen würde. Die Angst in dieser frühen Phase des Testprogramms war groß, einen sogenannten Nuisance Abort zu verursachen, einen unnötigen Flugabbruch, weil möglicherweise die Toleranzen zu eng eingestellt waren. Es galt zunächst, die optimalen Parameter für die Trägerrakete auszutarieren.

Dennoch sollte der Fluchtturm gefeuert werden, allerdings erst nach dem Brennschluss der Redstone.

Das war sein normaler Betriebsmodus, wenn er nicht als Rettungsgerät zum Einsatz kam. Dann musste er nach Brennschluss der Rakete »entsorgt« werden, was dadurch geschah, dass er einfach ohne die Kapsel abgefeuert wurde.

Am 21. November 1960 erreichte der Countdown für Mercury-Redstone 1 exakt um 9 Uhr den Zeitpunkt null. Die Spannung im brandneuen Kontrollzentrum, das bei dieser Mission seinen ersten Einsatz erlebte, war mit Händen zu greifen.

Was danach passierte, ging in die Historie des Mercury-Programms als »der Tag, an dem wir den Fluchtturm starteten« ein. Zunächst erwachte der Raketenmotor der Redstone tosend zum Leben. Der Träger hob einige Zentimeter ab, dann erlosch das Rocketdyne-A-7-Triebwerk unvermittelt wieder, die Rakete setzte sich auf ihre vier Flossen zurück und stand danach wie betrunken schlingernd wieder auf dem Starttisch. Alles wartete in atemloser Stille auf das, was nun unausweichlich kommen musste: die Detonation der Rakete, gefolgt von einem flammenden Inferno.

Doch als wäre die Situation nicht schon bizarr genug, kam es völlig unerwartet nicht zur Explosion. Stattdessen donnerte der Fluchtturm – und nur er alleine ohne die Kapsel – davon, stieg bis auf eine Höhe von 1300 Metern und krachte 400 Meter von der Rakete entfernt auf den Strand. Drei Sekunden nachdem sich der Fluchtturm aus dem Staub gemacht hatte, poppte der Stabilisierungsfallschirm aus der Nase der Mercury, gefolgt vom Hauptschirm, und dieser wiederum gefolgt vom Reserveschirm. Alle drei Fallschirme legten sich elegant um den Rumpf der immer noch leicht schlingernden Redstone.

Die Situation war in einem solchen Ausmaß absurd, dass für Minuten kein Laut die Stille im Kontrollraum durchbrach. Ausnahmslos jeder der Zeugen war der Meinung, in einem Albtraum gefangen zu sein. Und doch war alles real. Die bizarre Mission der Mercury-Redstone 1 war der peinlichste Fehlschlag des gesamten Mercury-Programms, und seine Kritiker walzten diesen Vorfall mit Begeisterung aus.

Einen vollen Tag lang wagte sich niemand an das Projektil heran. Die Redstone war nach wie vor »scharf«. Alle pyrotechnischen Vorrichtungen, unter anderem die Selbstvernichtungsanlage, waren geladen und standen unter Strom. Die Rakete war nicht geerdet und bis zur Halskrause voll mit Treibstoff. Dazu kam, dass alle drei Fallschirme am Rumpf herunterhingen und die Rakete frei auf der Rampe stand. Ohne einen Startturm, der als Windfang hätte dienen können. Jederzeit konnte eine Böe in die Fallschirme blasen und die Rakete umwerfen. In dieser extrem gefährlichen Situation meldete sich der Techniker Walter Burke zusammen mit einigen Kollegen freiwillig, um die »Pyros« zu entschärfen und die Rakete wieder mit den Versorgungsleitungen zu verbinden.

Was hatte zu diesem eigenartigen Vorfall geführt? Die Untersuchung war schwierig, aber erfolgreich. Der Auslöser für den fatalen Brennschluss des Redstone-Triebwerks gleich nach seiner Zündung war durch zwei Stecker verursacht worden, die sich in der falschen Reihenfolge von der Rakete getrennt hatten. Einer der beiden Stecker gehörte zu einem Kontrollkabel, über das vor dem Start Aktivierungssignale an die Rakete übermittelt wurden. Der andere Stecker gehörte zum Stromkabel und zur Erdungsleitung. Beide Stecker waren am unteren Ende einer der Heckflossen befestigt.

Beim Abheben sollten beide herausgezogen werden, und zwar zunächst der Kontrollkabel-Stecker, danach der Stromstecker. Für den Start der MR-1 hatte man allerdings nur ein Kontrollkabel zur Verfügung, wie es in der militärischen Version der Redstone Anwendung fand. Für die Mercury-Redstone mit ihrer geringeren Beschleunigung hätte man ein kürzeres Kabel benötigt, um die richtige Trennfolge der Stecker einzuhalten. Dieses Problem war vor dem Start korrekt erkannt worden, und der zuständige Techniker hatte das Kontrollkabel mit einer Klemme verkürzt. Als die Redstone startete, löste sich diese Klammer jedoch, das Kabel hatte nun wieder seine ursprüngliche Länge. Dies führte dazu, dass die Trennung des Kontrollkabelsteckers erst 29 Millisekunden nach der Trennung des Stromkabels erfolgte und damit die ordnungsgemäße Trennfolge umgekehrt war.

Dieses winzige Zeitintervall genügte, damit aufgrund der kurzzeitig fehlenden Erdung ein Stromimpuls durch ein Relay lief, dessen Aufgabe es war, das Triebwerk nach Erreichen der Zielgeschwindigkeit abzuschalten. Nachdem die Rakete das Signal zum Abschalten des Triebwerks erhalten hatte, sandte sie gleichzeitig das Signal »Normaler Brennschluss« an die Kapsel. Mit dieser Information löste die Kapsel zwei Aktionen aus, die dem normalen Missionsablauf entsprachen: erstens den Fluchtturm abtrennen, der nun nicht länger gebraucht wurde, und zweitens sich selbst von der vermeintlich ausgebrannten Redstone trennen. Im Falle von MR-1 trennte sich der Fluchtturm von der Kapsel exakt so, wie es sein Programm vorsah. Die Kapsel aber verblieb auf der Rakete, denn sie war darauf programmiert, die Trennung so lange hinauszuzögern, bis die Beschleunigung der Rakete den Wert null erreicht hatte. Diese Wartefrist sollte verhindern, dass eine schon abgetrennte Kapsel möglicherweise noch von der mit Restschub arbeitenden Rakete eingeholt und getroffen werden könnte. Einen Beschleunigungswert von null würde die Rakete erst dann erreichen, wenn sie sich im freien Fall befand. MR-1 aber war nicht im freien Fall, sondern saß noch auf dem Boden. Die Beschleunigungssensoren der Kapsel registrierten korrekt, dass eine konstante Beschleunigung von einem g vorlag, was bedeutete, dass sie die Kapsel nicht freigeben durften.

Die Zündung des Fluchtturms aktivierte wiederum das Fallschirmsystem der Kapsel. Nachdem die Luftdrucksensoren feststellten, dass die »Flughöhe« der Kapsel bei weniger als 3000 Metern lag, wurde die beschleunigte Abfolge der normalen Fallschirmsequenz durchgeführt. Ein weiterer Sensor stellte fest, dass der Hauptschirm kein Gewicht trug, nahm daher an, dass er sich nicht geöffnet hatte, und warf auch noch den Reserveschirm aus.

Die Redstone war leicht beschädigt worden, hätte aber durchaus noch repariert werden können. Eine Zeit lang wurde sie als Reserve-Fluggerät eingelagert. Sie wurde aber nie geflogen und ist heute ein Ausstellungsobjekt im Marshall Space Flight Center.

BILLIGSTER ANBIETER

In den Monaten nach seiner historischen Drei-Orbit-Mission im Februar 1962 wurde John Glenn von der NASA auf Welttournee geschickt. Zusammen mit seiner Raumkapsel, die somit, so wurde gelästert, ihre vierte Erdumkreisung absolvierte. Geduldig ließ er bei Dutzenden von Presseterminen die immer gleichen Fragen über sich ergehen und beantwortete sie stets ausführlich und ernsthaft. Einmal allerdings merkte man ihm doch eine leichte Gereiztheit an, als er zum x-ten Mal erklären sollte, wie er sich denn so gefühlt habe in seiner Atlas-Rakete, und ob er beim Start Angst gehabt hätte. Er meinte zum Fragesteller: »Wie würden Sie sich denn fühlen an der Spitze einer Rakete, die im absoluten Grenzbereich der technischen Möglichkeiten arbeitet, die mit superkaltem flüssigen Sauerstoff betankt ist, mit hochexplosivem Kerosin, die extremen dynamischen und thermischen Belastungen ausgesetzt ist und die aus 100 000 Teilen besteht, von denen jedes Einzelne vom billigsten Anbieter stammt?«

ALIEN VS. PREDATOR

An Weihnachten habe ich mir einen schon etwas angestaubten SciFi-Thriller angesehen. Der Plot ist ziemlich haarsträubend und geht in etwa so: Satellitenbilder enthüllen in den Tiefen der Antarktis eine altertümliche Pyramide, verborgen unter Eis und Schnee. Eine Expedition macht sich auf den Weg. Sie finden das Grauen, denn mit allem haben die Wissenschaftler gerechnet, nur nicht mit der ultimativen Schlacht zwischen zwei außerirdischen Spezies. Die Menschen geraten zwischen die Fronten, ihre Zahl dezimiert sich rasch ...

Der trashige Streifen heißt »Alien vs. Predator«. Hinsichtlich Raumfahrttechnik, astronomischer Grundlagen und vor allem Logik weist er zwar eine enorme Mängelliste auf, aber für den Hardcore-Science-Fiction-Fan bringt das völlig sinnfreie Spektakel trotzdem Spaß. Man braucht sich den Streifen übrigens nicht gleich runterzuladen, denn in Sachen Monsterdesign gibt es nichts zu vermelden, was nicht längst bekannt wäre. Die Aliens sehen genauso aus, wie man sie aus den »Alien«-Filmen mit Sigourney Weaver kennt, und die Predators wirken, als hätte die Rasse zu viele Rastafaris assimilieren müssen. Offensichtlich ist ihnen der Erstkontakt mit Arnold Schwarzenegger vor einigen Jahrzehnten nicht gut bekommen.

Eine Umfrage in den Vereinigten Staaten ergab übrigens, dass etwa 80 Prozent der Amerikaner an intelligentes Leben irgendwo im Weltraum glauben. Das ist erstaunlich, denn angeblich sind neuerdings nur noch 30 Prozent der Amerikaner davon überzeugt, dass intelligentes Leben auch in Washington existiert. Von daher kommt es wohl, dass Teleskope, die nach intelligentem Leben suchen, stets von der Erde weggerichtet sind ...

Doch stellen wir uns die Frage einmal ernsthaft: Ist das Weltall lebensfeindlich und sind wir Menschen nur das Produkt eines aberwitzigen Zufalls? Oder ist das Universum ein »Bio-Kosmos«, der Leben, auch intelligentes Leben, in Hülle und Fülle hervorbringt?

Die Meinungen darüber sind geteilt. Für die einen ist der Kosmos ein feindliches Umfeld voller Schwarzer Löcher, unbewohnbarer Planeten, explodierender Sterne und gähnender, kalter Leere. Für die anderen ist er von einer göttlichen Kraft allein für die Entstehung des Lebens geschaffen worden. Lauern also vielleicht doch Predator und andere Aliens schon an der nächsten Ecke auf uns?

Befassen wir uns einmal mit einer der Grundfragen, warum wir überhaupt Astronomie und Raumfahrt betreiben. Es ist die Suche nach uns selbst. Der Suche nach etwas, das so oder so ähnlich ist wie wir. Wie wahrscheinlich ist intelligentes Leben im Universum oder, räumlich eingegrenzter, in unserer Galaxis? Die Suche danach ist ungebrochen faszinierend und aktuell.

Seit mehr als 50 Jahren kommt hierfür die Drake-Gleichung zum Einsatz, benannt nach dem Astronomen, der sie entwickelt hat. Die Rechnung ist eine Multiplikation von Wahrscheinlichkeiten, die in Bruchteilen ausgedrückt werden: Der Bruchteil der Sterne,

die wahrscheinlich Planetensysteme haben. Der Bruchteil der Systeme, die wahrscheinlich erdähnliche Planeten haben. Davon wieder der Bruchteil der Sterne, die
lange genug stabil bleiben, damit sich Leben entwickeln
kann. Der Bruchteil der Lebensformen, die Intelligenz
entwickeln, und so weiter.[*]

Ganz gleich, wie man die Einzelwahrscheinlichkeiten
bewertet, das Ergebnis wird stets eine sehr kleine Zahl
sein. Denn jede einzelne dieser Wahrscheinlichkeiten
ist geringer als 1. Und das Produkt einer Multiplikation
vieler Zahlen, die kleiner sind als 1, wird sehr, sehr klein
sein. So auch die Anzahl der Planeten, die in unserer
Galaxis intelligentes Leben beherbergen könnten.

Die Drake-Formel war lange Zeit das Mantra all de-
rer, die nach extraterrestrischem intelligenten Leben
suchen. Aber immer mit einem mulmigen Gefühl, und
das nicht ganz unbegründet. Denn für fast jedes Ereignis in unserem Leben liegt die Wahrscheinlichkeit, dass
es stattfindet, praktisch bei null. Trotzdem passieren
solche Dinge in jedem Augenblick unseres Daseins. Nur
ein paar Beispiele:

Die Tatsache, dass ich am 5. Dezember 2016 exakt
6.31 Uhr in einem Hotelzimmer in einem kleinen Ort

---

[*] *Ich weiß, die Leute lieben Mathematik und können es nicht erwarten, die Drake-Formel zu sehen. Also, hier ist sie: N = R * f(p) * n(e) * f(l) * f(i) * f(c) * L. Wobei R die Anzahl »geeigneter« Gas- und Sternformationen in unserer Galaxis ist, aus denen Sterne und Planetensysteme geboren werden; f(p) der Prozentsatz derjenigen Sterne, die Planeten besitzen; n(e) ist die Zahl erdähnlicher Planeten in einem Planetensystem, die flüssiges Wasser aufweisen; f(l) der Anteil der Planeten, die auch wirklich Leben entwickeln; f(i) der Anteil der Planeten, auf denen sich eine Intelligenz entwickelt; f(c) der Anteil der Planeten, auf denen eine technologische Zivilisation entsteht; und L ist die Zeitspanne, die eine solche Zivilisation von den Anfängen der Radiotechnologie bis zu ihrer Auflösung existiert. So, und jetzt rechnet mal selber los.*

bei Heilbronn aufgewacht bin, erfordert zunächst, dass mich meine Firma auf eine Dienstreise geschickt hat. Die Voraussetzung dafür ist wiederum, dass ich überhaupt in diesem Unternehmen bin, was wiederum erfordert, dass ich diesen bestimmten Beruf gewählt habe, was wiederum mit einer ganz bestimmten Entscheidung an einem verregneten Nachmittag des Jahres 1972 in Verbindung steht, die ich so nicht getroffen hätte, wenn ich in der letzten Mathematik-Klausur in der zwölften Klasse eine bessere Note geschrieben hätte.

Unmittelbarer betrachtet erfordert mein Aufwachen, dass ein anderer Hotelgast zu dieser frühen Morgenstunde mit seinem Koffer vor meinem Hotelzimmer vorbeirumpelt, was er deswegen tut, weil seine erste Besprechung an diesem Tag eine Stunde früher angesetzt wurde, als ursprünglich geplant, was darauf zurückzuführen ist, dass ein japanischer Geschäftsmann ein früheres Flugzeug nach Osaka nehmen muss, was nicht der Fall gewesen wäre, wenn nicht die Frau des Geschäftsmannes einen Autounfall gehabt hätte, und so weiter und so fort.

Wir sehen, Ereignisse mit extrem geringer Wahrscheinlichkeit passieren unentwegt. Der Schlüssel in dieser Betrachtung liegt natürlich darin, dass die oben geschilderten Ereignisse miteinander verknüpft sind. Sie sind nicht unabhängig. Es sind bedingte Wahrscheinlichkeiten. Die bloße Multiplikation der Einzelwahrscheinlichkeiten würde zu Nonsens führen, aber genau das geschieht bei Drakes berühmter Formel.

Die Wahrscheinlichkeit, dass ich zu einem bestimmten Zeitpunkt völlig unvermittelt einen Fluch ausstoße, ist sehr gering. Die Wahrscheinlichkeit, dass ich mir zu einem bestimmten Zeitpunkt kochend heißen Kaffee über die Hose schütte, ist auch nicht sonderlich hoch. Die kombinierte Wahrscheinlichkeit aber, nämlich dass ich fluche, nachdem ich mir heißen Kaffee auf die Hose geschüttet habe, liegt, zumindest bei meinem Naturell, ziemlich genau bei eins.

Ebenso mag die Wahrscheinlichkeit, dass ein potenziell für Leben geeigneter Planet Meteoriten- und Kometeneinschläge lange genug übersteht, damit sich intelligentes Leben entwickeln kann, sehr gering sein. Und die Wahrscheinlichkeit, dass ein Sonnensystem einen Planeten von der Größe Jupiters in seinem äußeren Bereich aufweist, ist vielleicht ebenfalls gering (neuere Forschungen belegen allerdings das Gegenteil). Gibt es aber einen solchen Planeten in einem System mit vielen Meteoriten, dann ist die Wahrscheinlichkeit, dass sich auf dem lebensfreundlichen Planeten auch Leben entwickeln kann, extrem hoch, denn der Großplanet wird die meisten Meteoriten ablenken.

Die oft bemühte Wahrscheinlichkeitsrechnung und wohl auch Drakes Formel helfen uns nicht weiter, denn es gibt einen ganz wichtigen Faktor, den wir nicht vergessen dürfen: Die schlichte Tatsache, dass wir existieren. Wir sind eine intelligente Lebensform im Weltraum. Somit wissen wir eins mit absoluter Sicherheit: Die Wahrscheinlichkeit für intelligentes Leben im Weltraum ist größer als null. Und noch eines ist damit gewiss: Das Universum, und damit auch unsere Galaxie, kann intelligentes Leben hervorbringen. Eine Sicherheit aber, dass wir diese intelligenten Lebensformen entdecken, ist deswegen noch lange nicht gegeben. Dafür gibt es viele Begründungen, und eine der schwerwiegendsten will ich kurz beleuchten.

Sollten wir in den nächsten Jahrzehnten eine außerirdische Zivilisation entdecken, dann müsste sie zwei Bedingungen erfüllen, ohne die wir sie nicht wahrnehmen können. Zum einen muss es sich um eine technische Zivilisation handeln, und zum anderen muss sich diese technische Zivilisation just in dem winzig kleinen Zeitabschnitt befinden, in dem sie ein »Radio-und-TV-Leuchtturm« ist, in der sie also ihre kosmische Umwelt mit starken Radiosignalen »kontaminiert«. Sie müsste gerade das gleiche extrem schmale Fenster ihrer Entwicklung durchlaufen, in dem wir uns selbst befinden. Andernfalls verfehlen wir uns mit Sicherheit.

Man muss bedenken, wie klein dieses Fenster ist, verglichen mit der Zeit, seit es Leben auf der Erde gibt. 3,9 Milliarden Jahre lang beherbergte dieser Planet nichts anderes als Mikroben. Und auch in den etwa sechshundert Millionen Jahren, in denen die Erde im heutigen Sinne »erdähnlich« ist, macht die Verweildauer unserer Spezies weit weniger als ein Promille aus.

Angenommen, eine andere Zivilisation im Weltraum sucht nach intelligentem Leben im Radiospektrum und peilt zu diesem Zweck die Erde an. Diese intelligente Rasse muss sich mächtig beeilen, denn das Radio-Kommunikationsfenster beginnt sich bereits jetzt, gerade mal hundert Jahre, nachdem es sich geöffnet hat, schon wieder zu schließen. Wir schicken heute kaum noch energiereiche Radiostrahlung hinaus in den Weltraum. Wir haben Kommunikationssatelliten, an die wir nur sehr schwache Signale zu senden brauchen. Diese Satelliten verstärken die Signale und schicken sie zurück zur Erde. Die Kommunikation mit Raumsonden im tiefen Weltraum werden wir schon in wenigen Jahrzehnten nur noch über bleistiftdicke Laser-Links abwickeln. Und der nächste große Schritt in der Kommunikationstechnik macht uns für Wesen im Weltraum vollständig unhörbar: Kommunikation mittels Quantenteleportation.

Wir können davon ausgehen, dass das Funkzeitalter einer technischen Zivilisation nur sehr kurz ist. Nimmt man das als gesetzt, dann wäre unsere SETI-Suche sinnlos, denn wir beschränken uns auf die Suche nach Zivilisationen, die sich gerade in diesem extrem schmalen Fenster befinden.

Das Projekt SETI (Search for Extraterrestrial Intelligence) setzt auf eben dieses Funkfenster. Inzwischen seit mehr als 50 Jahren und bisher ohne Erfolg. In all diesen Jahrzehnten hat sich die Computerleistung dramatisch verbessert, die Suchprogramme sind unvergleichlich diffiziler als früher, und wo anfangs nur einzelne Sterne auf einzelnen Frequenzen abgefragt wurden, werden heute Tausende von Sonnen in schneller Folge auf Tausenden von Frequenzen gescannt. SETI ist eine der transzendentalsten wissenschaftlichen Unternehmungen überhaupt. Wir glauben einfach, dass es irgendwo in der Galaxis intelligente Lebewesen geben könnte, und verlassen uns auf astronomische Beobachtungen, Schlussfolgerungen und eine ganze Menge Wunschdenken.

Man muss sich darüber im Klaren sein, dass trotz aller technischen Fortschritte das Programm SETI in seiner jetzigen Ausprägung praktisch keine Aussicht auf Erfolg hat. Es gibt so viele Sterne, so viele mögliche Frequenzen und nur so wenig verfügbare Zeit, dass man Prioritäten setzen muss, was man wann und wo absucht. Dabei kann das elektromagnetische Spektrum nicht im Entferntesten komplett überwacht werden. Beispielsweise würden wir es nicht mitbekommen, wenn ET im Infrarotbereich sendet oder im Bereich der Millimeter-Strahlung. Sendungen dieser Art werden von der Atmosphäre ausgefiltert und sind nur im Weltraum festzustellen.

Aber auch wenn wir SETI eines Tages im Weltraum fortsetzen, was ist, wenn ET in einer uns unbekannten Weise sendet? Mit Gravitationswellen, mit Partikelstrahlung oder mit Methoden, für die uns noch nicht einmal eine Bezeichnung eingefallen ist? In jedem Fall ist SETI die Suche nach der Nadel im kosmischen Heuhaufen. Und eine besonders wichtige Betrachtung bleibt völlig außen vor: Eine Zivilisation muss nicht notwendigerweise eine technische Zivilisation sein. Hätte vor zwei, drei oder vier Jahrtausenden eine intelligente Rasse auf einem Planeten von Tau Ceti oder Epsilon Eridani die Erde angefunkt, niemand hätte geantwortet. Weder die Römer noch die Griechen, die Phönizier oder die Chinesen der Ming-Dynastie hätten auch nur geahnt, dass jemand mit ihnen Kontakt aufnehmen will. Die »Funkverbindung« dieser Zivilisationen bestand aus Semaphoren, geschwenkten Fahnen und reitenden Boten. Damit ist im Weltraum kein Staat zu machen.

Aber vielleicht brauchen wir gar nicht aktiv zu suchen. Vielleicht kommen sie ja auch zu uns. Hollywood versucht uns das schon seit Jahrzehnten einzureden. Und auch wenn man die Kintopp-Aliens nicht sonderlich ernst nimmt, die Frage muss auf jeden Fall gestattet sein: Sind sie vielleicht tatsächlich schon da, und wir bemerken es nur nicht? Falls ja, sind sie uns feindlich oder freundlich gesinnt? Predator oder ET? Alien oder die »Dritte Art«? Die Klingonen oder die Vulkanier oder vielleicht die sympathischen Wesen von »Arrival«?

Sollten uns tatsächlich die ETs besuchen, dann tun sie es ganz offensichtlich nicht, indem sie sich in gewaltigen Raumschiffen mit brüllenden Triebwerken und dem orgelnden Tosen verdrängter Luftmassen auf die Erde herabstürzen. Das hätten wir doch wohl bemerkt. Wenn sie uns besuchen, dann eher mit Produkten der Nanotechnologie, klein, fein und unsichtbar. Oder sonst wie gut getarnt.

Doch wenn sie hier sind, oder zumindest um uns wissen, warum melden sie sich dann nicht bei uns? Vielleicht weil sie uns zu langweilig finden. Vielleicht drängeln sich Millionen von Zivilisationen in der Galaxis, darunter viele völlig durchschnittliche wie eben wir Erdlinge, und man betrachtet uns nur mit jenem Interesse, das wir selbst der fünfmillionsten neu entdeckten Ameisenart im brasilianischen Dschungel entgegenbringen.

Vielleicht lässt man uns auch in Ruhe, weil wir *zu* interessant sind. Man lässt uns eine ungestörte Entwicklung durchlaufen, damit wir wichtige wissenschaftliche Daten über unsere evolutionäre Entwicklung liefern. Wir werden also vielleicht behandelt wie eine geschützte Art im Naturreservat. Die Erde als bessere Serengeti.

Oder wir hören nichts, weil wir diesen überlegenen Spezies zu primitiv sind.

Vielleicht sind sie zu Tausenden unter uns, und wir bemerken sie nicht. »Men in Black« lässt grüßen. Vielleicht sind sie auch einfach nur höflich und wollen uns nicht stören. Oder sie waren schon vor drei Milliarden Jahren hier, haben ein paar Fotos von den netten kleinen Einzellern geknipst, ihren Abfall gewissenhaft entsorgt und sind dann wieder abgereist.

Diesen Reigen könnte man noch eine ganze Weile fortführen. Aber wenn wir die Sache realistisch betrachten, ist der Schluss nicht abwegig, dass wir uns nicht gerade in unmittelbarer Nähe eines interstellaren Autobahnknotens befinden.

Möglicherweise ist ein ganz anderer Ansatz nötig, denn selbst wenn tausend intelligente Spezies jemals die Milchstraße besiedelt haben, dürfte heute nichts mehr von ihnen übrig sein. Ab und zu mögen die einen oder anderen dieser Zivilisationen einander tatsächlich begegnet sein. Angesichts der Abgründe von Zeit und Raum ist es aber wohl die Regel, dass jede für sich allein blieb und dass, auch wenn wir das als tragisch betrachten, auch wir alleine sind. Es mag vorher Zivilisationen in der Milchstraße gegeben haben und es mag nach uns welche geben. Die Wahrscheinlichkeit jedoch, dass eine zweite oder dritte technische Hochzivilisation gleichzeitig mit der unseren aktiv ist, ist verschwindend gering.

Auf der Erde überlebt eine bestimmte Spezies durchschnittlich zwei Millionen Jahre. Manche kürzer, einige länger. Der Neandertaler beispielsweise musste schon nach 200 000 Jahren das Feld der Geschichte räumen.

Den Homo erectus gab es 1,4 Millionen Jahre. Unsere Spezies, Homo sapiens sapiens, ist seit 200 000 Jahren auf der Bühne des Geschehens. Wenn wir ein typisches Beispiel sind, könnten wir noch weitere 1,5 Millionen Jahre existieren. Unsere Galaxis dagegen existiert schon weit über 10 000 Millionen Jahre. Die tausend angenommenen Zivilisationen der Milchstraße sind entstanden, haben ihre Blütezeit erlebt und sind wieder vergangen, ohne jemals eine der anderen Zivilisationen gesehen zu haben.

Aber vielleicht gibt es doch eine Chance, all diese Zivilisationen kennenzulernen. Trotz der Abgründe von Raum und Zeit.

Jede intelligente Spezies, die lernt, das Alter von Sternen und Galaxien zu bestimmen, muss zu einer ähnlich ernüchternden Schlussfolgerung kommen wie wir. Selbst wenn eine Zivilisation dank geschickt gesteuerter Evolution volle zehn Millionen Jahre auf Sendung bleibt, existiert gegenwärtig nur ein Promille der Zivilisationen, die je unsere Galaxis bewohnt haben. Gut möglich, dass wir das alleine sind. Alle anderen sind entweder Vergangenheit oder ferne Zukunft. Die Frage ist: Sind die Zivilisationen der Vergangenheit schweigend gegangen oder haben sie etwas hinterlassen? Ein Vermächtnis an die Zukunft, Aufzeichnungen über sich, ihre Gedanken und ihre Leistungen.

Intelligenz bringt das Wissen um die eigene Vergänglichkeit mit sich. Sie liefert aber auch die Mittel, diese Vergänglichkeit zu überwinden. Man kann daher annehmen, dass der Wunsch nach Unsterblichkeit unter intelligenten Wesen weit verbreitet ist. Sie mögen sich

Denkmäler und Mausoleen errichten, aber eines Tages verwittern auch diese. Fortgeschrittene Spezies werden sich wahrscheinlich dafür entscheiden, ihr Wissen, ihre Erfahrungen und Träume weiterzugeben. Sie werden langlebige Maschinen und Datenspeicher bauen. Sie werden Mittel und Wege ersinnen, diese Maschinen und Server künftigen Bewohnern der Milchstraße zugänglich zu machen. Sie werden ihre Datenspeicher in den Weltraum senden.

Eine hohe Wahrscheinlichkeit spricht deswegen dafür, dass ein erster Kontakt zu außerirdischen Lebewesen mit Maschinen erfolgen wird. Mit den Schaltstellen und Datenspeichern des galaktischen Internets, zu dem vielleicht schon seit Milliarden von Jahren intelligente Lebewesen in der Spanne ihrer Existenz immer weitere Bausteine und Daten beitragen.

Diese Maschinen sind keiner biologischen Abnutzung unterworfen. Sie können sich selbst reproduzieren und warten, Jahrmillion um Jahrmillion. Sie sind die unsterblichen Sendboten der vergangenen Zivilisationen unserer Milchstraße. Und wenn man sie entdeckt und das richtige Passwort nennt, dann werden sie uns antworten.

Am wahrscheinlichsten erscheint deswegen nicht, dass feindliche Aliens die Erde zu Jagdausflügen besuchen, sondern dass irgendwo da draußen, vielleicht gar nicht so weit entfernt, eines von Millionen kosmischer Terminals auf uns wartet. Der nächstgelegene Server des kosmischen Internets, absichtsvoll platziert von einem unserer galaktischen Vorfahren vor Jahrmilliarden. Unsere Aufgabe wird es sein, mit Intelligenz und Energie den Einstieg in dieses Netz zu finden. Das Passwort für den Log-in.

Diese Möglichkeit mag manchem ernüchternd, ja sogar enttäuschend erscheinen. Kontakt mit einem Server statt mit einem leibhaftigen Alien. Aber sehen wir es doch mal so: Die Sache hätte einen gewissen Vorteil, wenn die Begegnung der »dritten Art« auf der Langstrecke und virtuell passiert und nicht von Angesicht zu Angesicht. Denn Besuchern sollten wir nicht allzu vertrauensselig gegenübertreten. Es gibt nur wenige plausible Gründe, warum Aliens hier persönlich aufkreuzen sollten. Fragen wir uns doch mal, welchen Grund Francisco Pizarro hatte, die Inkas zu besuchen.

LIEGENSCHAFTEN AUF DEM MOND — EIN MARKT MIT ZUKUNFT?

Die Frage, wem die Himmelskörper gehören, wird seit den Anfangstagen der Raumfahrt recht eigenwillig und einnehmend interpretiert. Um die Sache ein für alle Mal und sachgerecht zu klären, habe ich Alexander Soucek um einen Beitrag für dieses Buch gebeten. Soucek ist Experte für Weltraumrecht und internationales Recht bei der Europäischen Raumfahrtorganisation ESA und damit ein Fachmann auf diesem Gebiet.

Man stelle sich Folgendes vor: Im Internet wird dir der Atlantische Ozean angeboten. Schön parzelliert und zum Diskontpreis. Du entscheidest dich für ein zehn mal zehn Kilometer großes Stück, günstig vor den portugiesischen Küstengewässern gelegen, und kaufst es kurzerhand. Ab jetzt gehört dieser Wasserwürfel dir, samt dem Seegetier, den Schiffswracks und den Bodenschätzen.

Du findest Gefallen daran, und mit dem nächsten Weihnachtsgeld besorgst du dir auch gleich die Nachbarparzelle. Deine Familie schenkt dir zum Geburtstag den Marianengraben im Pazifik, und zur Abschlussprüfung legen alle zusammen und kaufen dir die Hälfte des Tyrrhenischen Meeres. Bald schon bist du

Großmeerbesitzer. Und damit stehst du nicht alleine da. Deinem Nachbarn gehört schließlich schon seit längerem ein attraktives Gebiet im Korallenmeer vor dem Great Barrier Reef, und Tantchen hat sich für ihre alten Tage das Ostchinesische Meer zurückgelegt.

Absurd? Das geht doch gar nicht? Stimmt. Nehmen wir ein »vernünftiges« Beispiel: also den Mond.

Würde heute Neil Armstrong im »Meer der Stürme« vor der amerikanischen Flagge salutieren, dann würde vermutlich sofort der Besitzer einer bunten Urkunde parat stehen und ihn wegen Hausfriedensbruchs verklagen. Was im Fall der Ozeane jeden Menschen mit gesundem Verstand auf die Barrikaden brächte, läuft im Fall des Mondes problemlos seit vielen Jahren ab. Da verkaufen findige Personen Mondgrundstücke und übertragen mit Urkunden Eigentum, das sie selbst in abenteuerlichen juristischen Achterbahnfahrten erworben zu haben behaupten. Und sie bestätigen dies den Käufern, sich selbst und der ganzen Welt mit pseudo-juristischer Spitzfindigkeit. Sie glauben, eine Lücke im Völkerrecht entdeckt zu haben.

Der Mond liegt – im kosmischen Maßstab – direkt vor unserer Haustür. Für das von Menschen für unseren Heimatplaneten erdachte und formulierte Recht ist er aber doch schon etwas außer Reichweite. Vielleicht ist das ein Grund, warum der Verkauf von »Mondgrundstücken« den irdischen Juristen nicht wirklich graue Haare wachsen lässt. Dennoch hat das Recht vor dem Weltraum nicht Halt gemacht. Mit jeder Erweiterung menschlichen Tuns wurden neue Regeln für neue Horizonte geschaffen. So hat auch der Beginn des

Raumfahrtzeitalters ein neues Rechtsgebiet hervorgebracht: das Weltraumrecht. Und das gehört, wenn man juristische Typologie zugrunde legt, zu den Normen des Völkerrechts. Das sind jene Regeln, die das Zusammenwirken der Staaten und der internationalen Organisationen betreffen.

Die Träger von Rechten und Pflichten sind im Völkerrecht die Staaten. Der Einzelmensch ist grundsätzlich nicht Adressat des Völkerrechts, auch wenn es hier und da Aufweichungen gibt. Staaten sind – zumindest auf dem Papier – gleichwertige und gleichrangige Mitspieler eines großen Spieles, dessen Regeln sie untereinander selbst festlegen. So haben sie zum Beispiel die Vereinten Nationen als Diskussionsforum gegründet, das letztlich aus ihnen selbst besteht. Sie haben Menschenrechte in Texten formuliert, schließen multilaterale Wirtschaftsabkommen, versuchen sich recht erfolglos in Umweltschutzregeln und sind im Rahmen der UNO auch zum Abschluss von insgesamt fünf Verträgen gekommen, welche die Aktivitäten im Weltraum betreffen. Einschließlich des Mondes und anderer Himmelskörper.

Fundament des »Corpus Iuris Spatialis«, also jener Rechtstexte, die sich mit dem Weltraum befassen, ist der Weltraumvertrag aus dem Jahr 1967. Das Datum erzählt bereits Wichtiges: Zu diesem Zeitpunkt war das erste Raumfahrtjahrzehnt eben beendet, die Vorbereitungen der Supermächte für den bemannten Mondflug waren in vollem Gang, und es herrschte ein munteres Wettrüsten.

In dieser Zeit war man der »Realität Raumfahrt« wesentlich näher als heute, und so wurden einige grundlegende Fragen aufgeworfen, die sich mit dem weiteren Fortschritt der Raumfahrt ergaben. Würde derjenige, der den Mond als Erster betritt, diesen für seinen Staat in Besitz nehmen? Was war mit der militärischen Nutzung des Weltraums? Hätten Staaten ein Vetorecht, wenn jemand mit Satelliten oder Raumschiffen Hunderte Kilometer über ihrem Staatsgebiet kreuzte? Wer sollte für Unfälle haften? Musste man notgelandeten Astronauten fremder Nationalität helfen?

Der Weltraumvertrag von 1967 ist das erste große Dokument, das Grundprinzipien für die Erforschung und Nutzung des Weltraums festlegt. Da heißt es zunächst im ersten Artikel, Satz 2 und 3: »Der Weltraum, einschließlich des Mondes und anderer Himmelskörper, steht allen Staaten ohne irgendwelche Diskriminierung auf der Grundlage der Gleichheit und in Übereinstimmung mit dem Völkerrecht zur Erforschung und Nutzung offen. Alle Teile von Himmelskörpern sind frei zugänglich.« Dann kommt der sehr kurze und prägnante Artikel 2: »Der Weltraum, einschließlich des Mondes und anderer Himmelskörper, unterliegt nicht nationaler Aneignung aufgrund von Souveränitätsansprüchen, aufgrund von Benutzung oder Besetzung oder aufgrund irgendeines anderen Titels.« Somit sollte dem »durchschnittlich verständigen Menschen«, den die Juristen gerne als Maßstab heranziehen, klar sein: Niemand kann an irgendeinem Körper im Weltraum Eigentum erwerben.

Allerdings gibt es auch überdurchschnittlich verständige Menschen, die in diesem Dokument, das in einem jahrelangen Prozess verhandelt und ausgearbeitet wurde, mal eben eine Lücke entdecken. Sehen wir uns einen davon an. Einen, der bis zum heutigen Tag schon an über 60 000 Menschen Grundstücke auf Himmelskörpern »verkauft« hat.

Es handelt sich um einen gewissen Herrn Hope aus den USA, der Artikel 2 des Weltraumvertrags schon vor einiger Zeit so interpretierte: Der Weltraum unterliegt zwar nicht der Aneignung durch Staaten, von Privatpersonen ist aber nirgendwo die Rede. Die messerscharfe Schlussfolgerung: Staaten dürfen sich also den Mond nicht aneignen, aber Privatpersonen wie du und ich, oder auch eine Firma: na klar doch!

Hope grub zudem ein altes, noch geltendes Gesetz aus der Siedlerzeit der USA aus: den US Homestead Act von 1862. Laut diesem Gesetz kann neues Land dadurch erworben werden, dass man es bei der lokalen Grundbehörde registriert, diese Registrierung anderen potenziellen Interessenten mitteilt und dann einfach wartet. Kommt kein Einwand, kann man das Land als sein eigenes eintragen und bestätigen lassen.

Herr Hope ließ also im Jahr 1980 den Mond beim Grundstücksamt von San Francisco (welche Stelle sollte auch geeigneter sein!) eintragen, und weil er schon dabei war, auch gleich noch alle Planeten des Sonnensystems samt ihren Monden. Daraufhin schrieb er je eine Informationsnote an die Regierungen der USA und der UdSSR sowie an die Generalversammlung der Vereinten Nationen. Keiner dieser Adressaten sah sich bemüht, ihm zu antworten. Nach einer Weile des Wartens unternahm Hope den zweiten Schritt und ließ seine Aktion beim Urheberrechtsamt registrieren. Anschließend konnte seiner Meinung nach das Geschäft losgehen, und er begann, Mondgrundstücke zu verkaufen. Das stand ihm schließlich zu als rechtmäßigem Eigentümer des gesamten Sonnensystems mit Ausnahme der Erde und der Sonne.

Tun wir einfach mal so, als nähmen wir diesen Vorstoß ernst, und untersuchen die Frage, wem der Mond gehört, von der rechtswissenschaftlichen Seite, beginnend mit dem Homestead Act. Das mit diesem Gesetz eintragbare Land ist auf 160 Acres limitiert. Das entspricht 64 Hektar Boden, also doch knapp weniger als die Mondoberfläche mit ihren 3,8 Milliarden Hektar. Außerdem kann eine Registrierung nur zum Zweck der Besiedlung und Kultivierung des Grundstücks erfolgen; es darf nicht verlassen werden und kann erst nach fünfjähriger erfolgreicher Besiedlung und Kultivierung zugesprochen werden. All diese Punkte hat Hope im Fall des Mondes wohl nicht wirklich realisiert. Oder er hat es bislang sehr, sehr gut geheim gehalten. Doch selbst wenn er an Ort und Stelle wäre, dort im Geheimen vor sich hin »kultivierte« und wir es nur nicht bemerkt hätten, stellt sich die Frage: Seit wann, zum Teufel, ist ausgerechnet das Grundbuchamt von San Francisco für den Mond zuständig?

Dies führt uns zu einem wesentlichen Punkt: Jedes Privateigentum ist von einem Staat abgeleitet. Wenn ich mir beim Grundstücksamt von San Francisco den Mond als mein Eigentum eintragen lassen will, dann müssen die USA zuallererst das Recht haben, mir dieses Eigentum zu übertragen oder dieses Eigentum für mich zu begründen. Gemäß Artikel 2 des Weltraumvertrags von

1967, der heute allgemein gültiges Völkerrecht darstellt, haben die USA dieses Recht aber eben nicht, denn: »Kein Himmelskörper unterliegt der nationalen Aneignung.« Kein Staat kann sich also den Mond aneignen. Noch viel weniger kann daher ein Staat das Eigentum am Mond an einen seiner Staatsbürger übertragen, denn niemand kann mehr Recht übertragen, als er selbst hat. Damit führt sich die Behauptung der rechtlichen »Lücke«, mit »nationaler Aneignung« wären lediglich Staaten gemeint, aber nicht deren Bürger, selbst ad absurdum. Als würde man behaupten, ein internationales Umweltschutzabkommen zur Verminderung des CO_2-Austoßes gelte nur zwischen Staaten, aber jeder Bürger dieser Staaten, jeder Autofahrer und jede Industrieanlage dürfte weiterhin ungehindert die Luft verpesten.

Im Übrigen findet sich eine weitere Bestätigung dafür, dass »national« auch die Bürger mit einbezieht, im Weltraumvertrag selbst. Man muss sich nur die Mühe machen, etwas weiter zu lesen: Artikel 6 nennt nämlich das Wort »national« erneut und erklärt es diesmal zur Sicherheit: Die Vertragsstaaten, heißt es dort, seien für nationale Tätigkeiten im Weltraum verantwortlich, gleichgültig ob solche Tätigkeiten von Regierungsbehörden oder nichtstaatlichen Stellen durchgeführt werden.

Und schließlich gilt es, den Vertragswillen der Parteien zu hinterfragen. Die Wiener Vertragsrechtskonvention erklärt in ihrem Artikel 31, Absatz 1, mit welchen Mitteln man in legitimer Weise einen Vertragstext interpretieren kann, falls er eine zweifelhafte Bestimmung enthält. Da liest man: »Ein Vertrag ist nach Treu und Glauben in Übereinstimmung mit der gewöhnlichen, seinen Bestimmungen in ihrem Zusammenhang zukommenden Bedeutung und im Lichte seines Zieles und Zweckes auszulegen.«

Was bezweckten also die Staaten, als sie schrieben, der Mond und andere Himmelskörper sollten keiner nationalen Aneignung unterliegen? Es sollte verhindert

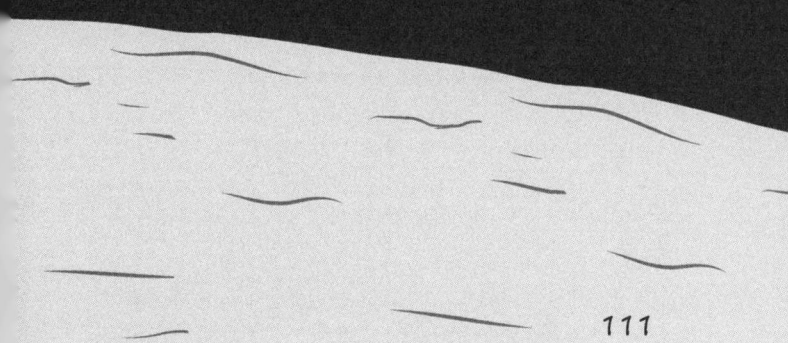

werden, dass ein Staat Eigentumsansprüche am Mond anmeldet. Doch es sollte natürlich genauso verhindert werden, dass irgendein Bürger eines Staates solche Eigentumsansprüche anmeldet, sonst wäre die Bestimmung von vornherein nutzlos. Fakt bleibt: Wer immer Mondgrundstücke verkauft, tut dies ohne echte Legitimation.

Man könnte die Sache nun im juristischen Kuriositätenkabinett ablegen, aber spätestens bei einem Blick auf die Raumfahrtszenarien der mittleren Zukunft merkt man, dass diese »Spielchen« sich eines Tages zu einem ärgerlichen Problem auswachsen könnten. Der frühere US-Präsident Obama hatte zwar die bemannte Rückkehr zum Mond zurückgestellt, aber Donald Trump hat möglicherweise ganz andere Pläne. Länder wie Japan, Indien und Russland, ja selbst Südkorea haben der robotischen Erkundung des Mondes hohe Priorität eingeräumt. Europa will irgendwann ein »Moon Village« errichten, und China, das regelmäßig unbemannte Raumsonden zum Erdtrabanten sendet, hat erklärt, in absehbarer Zeit ebenfalls bemannt dorthin zu wollen.

Für all diese Nationen, aber nicht nur sie, ist der Erdtrabant wichtig. Wie weit die Gewinnung von Bodenschätzen auf dem Mond – beispielsweise Helium-3 – tatsächlich wirtschaftlich betrieben werden wird, vermag heute noch niemand zu sagen. Doch eines ist gewiss: Wenn diese Staaten mit großen Programmen auf dem Mond eintreffen, wird es jemanden geben, der sich mit seiner kleinen Mondgrundstücksurkunde bei Gericht einfindet, um seine Rechte als Eigentümer durchzusetzen.

Heißt das alles, dass niemand jemals den Mond besitzen und seine Rohstoffe ausbeuten kann? Keineswegs. Zunächst ist Völkerrecht ein Werk, dessen Regeln – wie bei jedem anderen Vertrag auch – geändert werden können, sollten die Staaten diesbezüglich einen gemeinsamen Willen äußern. Und dann gibt es da noch die Alternative, internationales Eigentum am Mond zu begründen. Davon steht nun wirklich nichts im Weltraumvertrag. Man könnte für die Verwaltung und Vergabe von Nutzungsrechten auf dem Mond eine internationale Behörde einsetzen, wie es heute schon für den Tiefseeboden gehandhabt wird. Und schließlich könnte die Nutzung des Mondes auch ohne jeden Eigentumsanspruch geschehen. Hier sei abschließend wieder auf die Hohe See verwiesen, deren »Freiheit der Nutzung« einen Grundpfeiler des Seerechts darstellt.

GERST & GERSTENMAIER

Die Mission scheiterte schon Sekunden nach dem Lift-off, und die *Bild-Zeitung* titelte tags darauf bangend: »Cygnus mit 700 Kilogramm Lebensmitteln explodiert. Muss Alexander Gerst jetzt hungern?«

Was war geschehen? Eine Rakete des Typs Antares II war am 28. Oktober 2014 mit der dritten Flugeinheit des unbemannten Versorgungsschiffs Cygnus beim Start zur ISS explodiert. Wenige Sekunden nach dem Lift-off und nur hundert Meter über der Startanlage. Es gab weder Tote noch Verletzte, der Sachschaden war allerdings beträchtlich. Vor allem an der Startanlage, auf die der Flammenball zurückstürzte.

Den Start am Raumflughafen Wallops Island in Virginia beobachteten ungewöhnlich viele Reporter europäischer und vor allem deutscher Mainstream-Medien. Viele über das NASA-Fernsehen, manche aber auch vor Ort. Gerade die Letzteren waren jetzt einem Wechselbad der Gefühle ausgesetzt. Zum einen waren sie geschockt wegen der Nähe der Pressetribüne zu Explosion, die eine sofortige Evakuierung zur Folge hatte. Zum anderen aber freuten sich nicht wenige Reporter darüber, einen klassischen Raumfahrtunfall live miterleben zu können. Damit hatten sie unvermutet statt einer Kleinmeldung im »Vermischten« plötzlich die Schlagzeile auf der Titelseite gewonnen. Jetzt mussten sie nur noch ein paar Fakten auseinanderklabüsern, um eine Story daraus zu basteln. Die sollte ihnen eine NASA-Pressekonferenz wenige Stunden nach dem Vorfall liefern. Doch hier kam es schnell zu erheblichen Irritationen bei den europäischen Reportern, die von Raumfahrt so wenig Ahnung hatten wie eine Kuh vom Tanzen. Da es sich um einen Versorgungsflug zur ISS gehandelt hatte, war auch der Direktor für die bemannten NASA-Aktivitäten auf dem Podium: der ungemein populäre Bill Gerstenmaier, unter Raumfahrtfans und -profis weltweit nur als »Gerst« bekannt.

Die US-Raumfahrtjournalisten schossen aus allen Rohren. Fragen und Antworten wechselten in schneller Folge. Gerst hier und Gerst da. »Sagen Sie, Gerst, welche Auswirkungen wird dieser Unfall für die Versorgung der ISS haben? Gerst, noch eine Frage? Gerst, wie geht es der Crew an Bord?« Das Ganze in schnellem amerikanischen Englisch, mit Fachausdrücken und Abkürzungen gewürzt.

Die Verwirrung bei den europäischen Medienleuten war komplett. Die Amerikaner meinten ausschließlich ihren »Gerst«. Nämlich den da vorne am Mikrofon. Die Europäer dachten ausschließlich an ihren Alexander Gerst, den da oben in der ISS. Und der musste jetzt was? Hungern, weil er keinen Nachschub mehr bekam?? Oder wie war das gleich noch mal???

Auch auf Twitter war das Chaos perfekt. Schon Minuten nach Beginn der Pressekonferenz ging es nicht mehr darum, die Folgen des Startunfalls in Erfahrung zu bringen, sondern nur noch darum, sich gegenseitig zu erklären, wer denn nun welcher Gerst sei und welcher Gerst welche Funktion habe.

Während sich Bill »Gerst« Gerstenmaier noch vor der Presse abmühte, die Gemüter zu beruhigen, schlief Alexander Gerst schon tief und fest 430 Kilometer über der Erde in seinem leichten Schlafsack schwebend in einer kleinen Kabine an Bord der ISS. Ihm war keine Sekunde der Gedanke gekommen, dass er jetzt hungern müsse. Er wusste im Gegensatz zu den Medienvertretern: Die Cygnus-Nachschubmission war nur eine von insgesamt zehn Einsätzen dieser Art im Jahre 2014. Und selbst wenn gar nichts mehr gekommen wäre: Die vorhandenen Vorräte an Bord der ISS reichten noch für sieben Monate.

Alexander Gerst war im Übrigen in seiner Zeit im Orbit auch mit den ganz profanen Dingen des »All-Tags« beschäftigt. Dazu gehörte neben der Betreuung und Abwicklung Dutzender wissenschaftlicher Experimente ein streng reglementiertes körperliches Training, um für die Zeit nach der Landung auf der Erde fit zu sein. Und dazu gehörten auch so banale, aber für die Menschen auf der Erde wichtige Dinge wie die Dreharbeiten für die »Sendung mit der Maus«. Ingesamt verlief Alexander Gersts Aufenthalt auf der ISS eher sensationsarm. Und das ist auch gut so für ungestörtes, effizientes wissenschaftliches Arbeiten.

Bei aller Begeisterung für den smarten Sonnyboy aus Künzelsau, der Nummer elf in der Liste der deutschen Astronauten, darf auch Deutschlands allererster Raumfahrer nicht vergessen werden. Der Vogtländer Sigmund Jähn flog im August 1978 als Bürger der DDR zur sowjetischen Raumstation Saljut 6. Damit war er mit mehr als fünf Jahren Vorsprung – vor Ulf Merbold, der im November 1983 mit dem Space-Shuttle Columbia in den Orbit startete – der erste Deutsche im Weltraum. Innerhalb von acht Tagen umrundete er 125 Mal die Erde. Die enorme Anspannung beim Start, die Schwerelosigkeit und die in leuchtendes Blau gehüllte Erde wird er wohl nie vergessen. Die Landung allerdings auch nicht, denn in der Steppe Kasachstans herrschte heftiger Wind, als er mit der Rückkehrkabine seines Sojus-29-Raumschiffs am Fallschirm niederging. Seinem Kommandanten Waleri Bykowski gelang es nicht sofort nach der Bodenberührung, die Fallschirmkappe abzutrennen. So wurde die Kapsel durch das Gelände gezerrt und überschlug sich sogar mehrmals. Dabei erlitt Jähn eine Wirbelsäulenverletzung, die dem inzwischen 80-Jährigen bis heute zu schaffen macht.

Nach Sigmund Jähn reisten deutsche Raumfahrer meist mit US-Shuttles ins All. Insgesamt vier flogen vor der Zeit der ISS mit Sojus-Fähren zur sowjetisch-russischen Raumstation Mir. Das waren Klaus-Dietrich Flade im März 1992, Ulf Merbold im Oktober 1994, Thomas Reiter ab September 1995 für nicht weniger als 196 Tage und Reinhold Ewald im Februar 1997. Das meiste Adrenalin dürfte, trotz des relativ kurzen Aufenthaltes von nur 19 Tagen, Reinhold Ewald im Blut gehabt haben, denn gegenüber seiner Mission war Alexander Gersts Aufenthalt auf der ISS der reinste Sonntagsspaziergang.

Ewald kam im Rahmen eines planmäßigen Besatzungsaustausches an Bord der Mir. Einige Tage vor ihm war der Amerikaner Jerry Linenger mit dem Shuttle Atlantis eingeflogen. Am 10. Februar wurde auch der Austausch der Stammbesatzungen in Angriff genommen.

Dafür starteten Wassili Ziblijew und Alexander Lasutkin zusammen mit Ewald in Sojus TM-25. Ewald sollte am 2. März mit der alten Stammbesatzung in Sojus TM-24 wieder zur Erde zurückkehren.

Dann ereignete sich am 24. Februar der schwerste Brandvorfall während eines Raumflugs. Im Kwant-Modul, bestehend aus 40 Kubikmetern Wohnraum und Ausrüstung für astrophysikalische Untersuchungen, erhitzte sich eine Patrone zur Sauerstofferzeugung so sehr, dass es zu einem Brand mit starker Rauchentwicklung kam. Die dann folgenden Geschehnisse werden bis zum heutigen Tag in unterschiedlichen Versionen kolportiert. Aus Reinhold Ewalds Sicht war die Lage zwar sehr ernst, aber das Feuer etwa 90 Sekunden nach dem Ausbruch unter Kontrolle. Nach dem Bericht von Jerry Linenger hatten die Flammen hoch gelodert, und für drei der Besatzungsmitglieder war der Weg zur rettenden Sojus-Kapsel wegen der massiven Rauchentwicklung versperrt. Wie kritisch die Lage tatsächlich gewesen ist, mag man daran erkennen, dass die Crew nach dem Vorfall 36 Stunden lang Atemschutzmasken tragen musste, weil die Filter an Bord der Station die Luft nicht mehr sauber bekamen.

Bemannte Raumfahrt bedeutet also nicht immer nur, nette Späßchen in der Schwerelosigkeit zu machen, lustige Video-Interviews mit Journalisten, Schulklassen und Politikern auf der Erde abzuhalten und sich mit kniffligen Experimenten zu befassen. In der Raumfahrt geht es manchmal schlichtweg nur ums Überleben.

FEHLSTARTS (3)

In den Anfangstagen der Raumfahrt hat eine Besonderheit ihre Wurzeln, die manchen nur gelegentlichen Beobachter von Startübertragungen verwundert: Der Nachdruck, den Techniker, Startmannschaften und bei bemannten Starts auch die Astronauten auf die Ankündigung legen, dass das Pitch-, Yaw- und Rollprogramm durchgeführt wird. Abgekürzt wird es einfach als Rollprogramm bezeichnet. Es ist das Manöver, mit dem sich ein Träger kurz nach dem Abheben in die Richtung der gewünschten Flugbahn neigt. Legendär sind die Meldungen des CapCom bei den Shuttle-Starts: »Endeavour (Atlantis, Discovery): Roll maneuvre.« Und gleich darauf die Bestätigung des Shuttle-Kommandanten: »Roger Roll.« Dann die Ankündigung des CapCom: »Roll maneuvre complete«; und gleich darauf noch einmal die Bestätigung des Shuttle-Kommandanten: »Roll complete.«

Warum wird gerade dieses eine Manöver so herausgehoben, und nicht einer der vielen Dutzend anderen Vorgänge, die im Startablauf vor sich gehen? Das geht auf den 16. Juni 1959 zurück.

An diesem Tag stand auf der Luftwaffenbasis Vandenberg in Kalifornien der Teststart einer Thor-Mittelstreckenrakete auf dem Plan. Es war die Baueinheit 191, gestartet werden sollte sie zu Trainingszwecken von einer Startmannschaft der Royal Air Force. Seinerzeit waren in England 60 Einheiten dieser Rakete stationiert. Das Waffensystem Thor war Bestandteil der nuklearen Abschreckungs-Streitmacht der USA und Großbritanniens. Die Thor war zu diesem Zeitpunkt aber auch schon als Erststufe von Satellitenträgern im Einsatz, die Verfahren ähnelten sich daher.

Die Rakete hob ab, doch schon nach wenigen Sekunden war klar, dass sie ein Problem hatte. Das Rollprogramm unterblieb. Die Rakete begann nicht, sich in ihre vorgesehene Flugbahn zu neigen, sondern stieg einfach weiter exakt vertikal in die Höhe.

Es gab keinen Grund, die Rakete sofort zu zerstören. Die Erdrotation würde ohnehin bewirken, so die Meinung des Sicherheitsoffiziers, dass sich das Vehikel auf den Pazifik hinausbewegte. Aus diesem Grund ließ man es seinen Flug fortsetzen, um mehr Daten zu gewinnen. Die Rakete stieg weiterhin majestätisch genau senkrecht nach oben. Vom Flugsteuerungssystem der Rakete selbst kam kein Befehl, das Triebwerk stillzulegen. Die erforderliche Geschwindigkeit für einen Brennschluss war ja nicht erreicht, ging doch die gesamte Energie des Triebwerks in den Höhengewinn und nicht in die Geschwindigkeitsmaximierung.

Schließlich wurde der Sicherheitsoffizier doch etwas besorgt und sandte das Zerstörungssignal an die Rakete. Die Thor explodierte, und starke Höhenwinde, die man in die Abwägung nicht mit einbezogen hatte, führten dazu, dass die Trümmer in der Nähe der Stadt Orcutt im Santa Barbara County, östlich der Basis, niedergingen.

So gefährlich die Bruchstücke auch den Bewohnern der Stadt hätten werden können, sie hatten doch ihr

Gutes: Auf Grundlage der gefundenen Teile konnte die Fehlerursache schnell ermittelt werden. Ein Sicherungsdraht im Programmgeber der Steuerungselektronik war nicht entfernt worden. Die Flugsteuerung der Thor nutzte damals, lange vor der Zeit digitaler Komponenten, ein einfaches mechanisches Verfahren, um voreingestellte Manöver wie eben das Neige-, Gier- und Rollprogramm auszulösen. Exakt mit dem Zeitpunkt des Starts begann sich ein Metallband mit einer genau definierten Geschwindigkeit von einer Rolle abzuspulen. In diesem Band befanden sich in bestimmten Abständen Löcher, die einen Metallstift durchließen, um zum vorgesehenen Zeitpunkt den erforderlichen Schalter zu aktivieren.

Es war natürlich extrem wichtig, dass sich dieses Band nicht schon vor dem Start versehentlich bewegte und womöglich beim Zeitpunkt der Zündung schon teilweise abgespult war. Eine Thor, die sofort nach der Zündung mit dem Rollprogramm begonnen hätte, wäre ein außerordentlich interessantes Erlebnis für alle Beteiligten gewesen. Aus diesem Grund gab es einen Sicherungsdraht, der eine Bewegung des Bandes verhinderte, solange sich der Programmgeber nicht in der Rakete befand. Dieser Sicherheitsdraht war nicht entfernt worden. Das Band hatte sich nie bewegt, und die Rakete konnte das Rollprogramm nicht durchführen. So einfach war das.

Im Fall dieser Thor hatte nicht nur jemand übersehen, den Sicherheitsdraht zu entfernen, sondern es war auch nicht überprüft worden, ob der Sicherheitsdraht entfernt war. In die Statistik ging der Fehlstart als Defekt der Flugsteuerung ein.

Immerhin: Man lernte viel dabei. Nicht nur für die Startcrew selbst, sondern auch für die Sicherheitsorganisation an der Startbasis. Von nun an wurden die räumlichen Limits, in denen sich eine Rakete bewegen musste, ganz anders definiert. Und ab jetzt hörte man nicht nur die bis dahin üblichen Kommandos wie »Missile ready«, »Ignition«, »Lift-off« und so weiter, sondern auch die Ankündigung »Roll program« und nach dessen erfolgreichem Ablauf den Ausruf »Roll complete«. Der Schreck saß tief.

Mit den Thors machten die Amerikaner überhaupt eine große Zahl ihrer frühen Raumfahrterfahrungen. Nicht lange nach dem beschriebenen Vorfall gab es, ebenfalls von Vandenberg aus, einen Nachtstart. Gleich nach dem Abheben mussten die Flug-Controller zu ihrem Entsetzen mit ansehen, dass die Triebwerksdüse wie wild vor und zurück schwenkte. Schon nach etwa 30 Sekunden war der Booster weit vom Kurs abgekommen, und der Sicherheitsoffizier musste das Zerstörungssignal an die Rakete senden.

Die Untersuchung des Wracks, das unweit der Startrampe wieder heruntergekommen war, zeigte etwas Bemerkenswertes: Nichts an der Rakete hatte wirklich versagt.

Der Träger hatte drei Steuerkreisel: Einen für die Neigebewegung, einen für die Gierbewegung und einen, der die Rollrate des Trägers steuerte. Der Techniker, der die Steuerkreisel installiert hatte, war ein großer, kräftiger Mann, und der hatte die drei Einheiten eisern festgeschraubt. Tatsächlich hatte er so viel Kraft aufgewendet, dass die Fixierstifte für den Gier-Kreisel gebrochen waren und sich die Einheit aus der Halterung herausgedreht hatte. So startete der Träger mit drei perfekt funktionierenden Steuerkreiseln, von denen aber nur zwei installiert waren. Einer für die Nickbewegung, einer für die Rollbewegung und keiner für die Bestimmung des Gierwinkels. Das Bahnführungssystem bekam nun keine Daten für die Gierwinkelkorrektur, und so befahl sie zunächst einen vollen Ausschlag in die eine Richtung, stellte fest, dass es zu viel war, und befahl einen vollen Ausschlag des Triebwerks in die andere Richtung. Das wiederholte sich in Abständen von einer Sekunde, was dazu führte, dass die Rakete auf einer wild schlingernden Bahn aufstieg.

Man könnte in diesem Fall, wie schon bei der eingangs beschriebenen Geschichte mit der Ariane 4, den jeweiligen Techniker verantwortlich machen und dann die Sache auf sich beruhen lassen. Aber nicht nur der Techniker hatte falsch gearbeitet, sondern die Prozedur war falsch. Der Fehler bestand darin, dass Arbeiten mit missionskritischem Charakter nicht von einer zweiten und besser noch von einer dritten Person überprüft wurden, sondern dass man den ausführenden Techniker damit alleine gelassen hatte. Menschen machen Fehler. Raumfahrtprozeduren müssen dem Rechnung tragen.

Sehen wir uns in diesem Zusammenhang noch eine weitere Geschichte an. Auch dieser Fehler wurde technisch dem Steuerungssystem zugeschrieben, war aber am Ende nichts anderes als menschliches Versagen. Dazu gehen wir wieder in die Tage der Thor zurück, diesmal aber zu einer Version, die als Satellitenträger eingesetzt wurde.

Am 2. September 1965 hob vom Startkomplex SLC-1 in Vandenberg eine Thor Agena D mit dem militärischen Forschungssatelliten StarRad 2 an Bord ab. Die Thor Agena wies Mitte der 60er Jahre schon eine beeindruckende Zuverlässigkeitsquote auf, und so sah es danach aus, als würde es sich um eine weitere Routinemission handeln. Am Starttag gab es nur ein kleines Problem: Es pfiff ein ungewöhnlich starker Wind aus Westen.

Allerdings war Wind in Bodennähe nie ein Problem für die Thor gewesen. Sie war schon von ihrer militärischen Spezifikation her für Starts bei Orkanstärke ausgelegt, und selbst als Satellitenträger war sie für geradezu grotesk hohe Windgeschwindigkeiten zugelassen. Sie konnte noch bei 70 Knoten starten, also etwa 130 Stundenkilometern. Bei diesen Bedingungen würde man heute keinen Menschen auf die Startrampe schicken.

Am Boden herrschte an diesem Tag zwar eine scharfe Brise, aber deutlich unter 70 Knoten. In mittlerer Höhe lag sie hingegen nicht weit vom Grenzwert entfernt. Kein Problem, die Startvorbereitungen wurden weitergeführt. Eine Startverschiebung wegen zu starken Windes hatte es bei einer Thor noch nie gegeben.

Der Träger sollte bei dieser Mission einen Azimuth von 172 Grad abfliegen. Wer sich das auf der Karte ansieht, erkennt, dass diese Bahn fast exakt entlang der kalifornischen Küstenlinie nach Süden geht. Für Bahnabweichungen ist da kein Spiel mehr, nur Bruchteile eines Grades mehr nach Osten, und die Rakete würde über bewohntes Gebiet fliegen.

Es kam, wie es kommen musste. Schon kurz nach dem Verlassen der Startrampe driftete die Rakete leicht nach Osten ab. Nicht viel, aber nach 40, 50 Sekunden lag sie etwa 350 Meter links neben der Nominalbahn. Das Vehikel überschritt damit die sogenannte Abort-Line, die Grenze, bei der sie eigentlich vom Sicherheitsoffizier hätte gesprengt werden müssen. Der zögerte jedoch, die Rakete funktionierte ja normal, die Abweichung war nur klein. Dennoch war dies seine erste falsche Entscheidung. Seine zweite falsche Entscheidung bestand darin, dass er den Sprengbefehl mit einiger Verzögerung dann doch gab. Und das endete beinahe in einer Tragödie. Er drückte auf den roten Knopf, als die Thor bereits über dem Festland flog.

Die Trümmer fielen in eine Campinganlage am Südrand der Basis. Ein großes, scharfkantiges Stück schlug in einen Wohnwagen ein, in dem eine schwangere Frau mit zwei Kindern lebte. Die Kinder waren in einem Ende des Wohnwagens, die Frau im anderen Ende. Das Metallteil zerriss das Fahrzeug buchstäblich in zwei Teile – und beschädigte dabei nicht einmal den weißen Lattenzaun, der die Behausung umgab. Glücklicherweise wurden weder die Frau noch die Kinder verletzt, die Frau aber erlitt eine Frühgeburt, die zum Glück glimpflich für Mutter und Kind ausging.

Die Ursache für den Unfall: Die Thor Agena, die den Wohnwagen traf, hatte für diesen Flug eine größere Nutzlastverkleidung als gewöhnlich bekommen. Sie war 112 Zentimeter länger. Dadurch war sie einem geringfügig höheren Winddruck ausgesetzt, hinzu kam die Windstärke am Limit des Zulässigen. Dies hatte zu der

Bahnabweichung geführt, mit der die Flugsteuerung der Rakete zunächst überfordert war.

Mit einiger Sicherheit hätte die Thor ihre Flugbahn jedoch korrigieren können, sobald sie eine größere Höhe mit weniger Wind erreicht hätte. Der Sicherheitsoffizier hätte also seine zunächst getroffene (Fehl-)Entscheidung nicht mehr korrigieren dürfen und der Rakete einfach mehr Zeit geben müssen. Doch wer mag hier urteilen, wenn Entschlüsse dieser Tragweite innerhalb weniger Sekunden gefasst werden müssen? Der Mann hatte wohl an die in der Trägerraketenhistorie gar nicht so seltene Kombination aus Random Error und Random Success gedacht. Fehler, die aus unbekannter Ursache entstehen und die sich auf ebenfalls unbekannte Weise wieder von selbst beheben. Rätselhafte Vorgänge, über die es in den Anfangstagen der Raumfahrt fast schon mystische Erzählungen gab.

Dieser Start war übrigens der einzige Fall im gesamten US-Raumfahrtprogramm, bei dem unbeteiligte Personen zu Schaden kamen. Nach der missglückten StarRad-2-Mission flogen alle späteren Träger, die auf küstennahen Bahnen unterwegs waren, ein Dogleg-Manöver. Das heißt, sie flogen erst aufs Meer hinaus und bogen dann nach Süden ab. Dies hatte eine bedeutende Einbuße an Nutzlast zur Folge, etwa zehn Prozent. Aber es war einfach sicherer.

NUTZLASTVERKLEIDUNGEN

Ein besonderes Problemfeld bei Trägerraketen sind Trennsysteme aller Art. Die Trennung muss schnell und effizient erfolgen und soll dennoch so sanft wie irgend möglich sein, um nicht mehr benötigte Antriebsstufen oder Nutzlastverkleidungen von der Rakete zu lösen. Nutzlastverkleidungen wiederum, die hübsch aerodynamisch geformten Raketenspitzen, werden benötigt, um die Raumfahrzeuge in der ersten Startphase zu schützen. Vor dem Fahrtwind, der Reibungshitze beim Aufstieg und den akustischen Lasten, denn Trägerraketen sind so laut, dass sie ihre teure Ladung alleine durch den Lärm zerstören könnten. Wie bei der Stufentrennung erfordert auch die Abtrennung einer Nutzlastverkleidung bei den meisten Trägertypen ein exakt choreographiertes pyrotechnisches Spektakel mit vielen mechanischen und elektrischen Intermezzi.

Nutzlastverkleidungen wirken von außen in der Regel homogen und einfach, doch dieser erste Eindruck täuscht. Sie bilden ein komplexes System aus Metallblechen, Verbundwerkstoffen, Sprengstoffen, Mechanismen aller Art, gespannten Federn, vorgeladenen Kolben, vielen Klappen und Türchen, Hunderten von Metern elektrischer Leitungen und Dutzenden Steckern und Relais. Das alles nur Zentimeter entfernt von der hochempfindlichen Nutzlast wie einem Satelliten, einer Raumsonde oder einem bemannten Raumschiff.

Allein deswegen müssen all diese Komponenten so schonend und sanft wie möglich arbeiten, und ihre pyrotechnischen Elemente müssen so gering wie möglich dosiert sein. Leicht muss das alles auch noch sein. Sehr leicht. Jedes zusätzliche Kilo führt zu Einbußen bei der Nutzlast. Und deren Transport kostet – je Kilo – selbst heute noch bis zu 50 000 Euro.

Aufgrund dieser widersprüchlichen Forderungen ist es kein Wunder, dass es in der Geschichte der Raumfahrt häufig zu Problemen mit der Nutzlastverkleidung kam. Am 1. Dezember 1964 beispielsweise löste sich die Nutzlastverkleidung einer Kosmos-Trägerrakete nicht, und das Raumfahrzeug, ein experimenteller Navigationssatellit mit der Bezeichnung DS-2, ging verloren. Am 16. August 1968 wurde eine Atlas Burner 2 nach dem Start von Vandenberg aus ihre Nutzlastverkleidung nicht los: Zwölf Kleinsatelliten versanken im Pazifik.

Am 27. März 1969 scheiterte der Start einer sowjetischen Marsmission an der Fairing, wie die Nutzlastverkleidung auch genannt wird. Bei der Proton K Block, welche die Orbit- und Landesonden-Kombination Mars 2b und Mars 2c auf den Weg zum roten Planeten bringen sollte, kollabierte in der 51. Flugsekunde – in etwa beim Überschreiten der Schallgeschwindigkeit – die Nutzlastverkleidung. Die zweite Stufe feuerte danach zwar noch, aber die dritte Stufe zündete nicht mehr. Es hätte auch nichts mehr genutzt, die Raumsonde war zerstört.

Am 25. Januar 1995 kam es zu einem der bizarrsten Starts der Raumfahrtgeschichte. Sie betraf den US-Kommunikationssatelliten Apstar 2, der mit einer

Trägerrakete des Typs Langer Marsch 2E gestartet wurde. Eine Schwachstelle in der Flugsoftware bewirkte, dass der Träger nicht mit den Scherwinden zurechtkam, die bisweilen am Startzentrum Xichang herrschen. Die Rakete steigt dabei aus einer windstillen Talsenke über die Berge und ist dann unvermittelt starkem Seitenwind ausgesetzt. An diesem Tag bewirkten heftige Böen und die scharfen Korrekturbewegungen der Rakete, dass die Fairing kollabierte und sich die Nutzlast danach plötzlich frei an der Spitze der Trägerrakete befand. Der weitere Verlauf des Fluges, die Reibungshitze und der Fahrtwind verwandelten Apstar 2 in einen verschmorten Trümmerhaufen. Doch immerhin: Das Satellitenwrack wurde von der Rakete präzise im vorgesehenen Orbit abgeliefert.

Nach einer ununterbrochenen Abfolge von Fehlstarts missglückte am 12. Juni 1970 auch der zehnte und letzte Testflug der glücklosen Europa-1-Trägerrakete. Dabei hätte bei diesem Flug fast alles funktioniert, wenn nur nicht die leidige Nutzlastverkleidung gewesen wäre. Die hatte sich nicht wie vorgesehen gelöst, die Rakete war damit zu schwer, und anstatt eine Endgeschwindigkeit von 7,9 Kilometern pro Sekunde zu erreichen, reichte es nur für 7,1 Kilometer pro Sekunde. Die dritte Stufe fiel zusammen mit der Nutzlast bei Grönland in den Atlantik.

Ursache? Ein simpler Stecker war in der 78. Flugsekunde durch Vibrationen gelockert worden, dadurch konnte das Signal, das in der 222. Flugsekunde den Absprengmechanismus der Fairing auslösen sollte, nicht gesendet werden. Damit hatte die dritte Stufe nicht nur das Gewicht des 260 Kilo schweren Satelliten zu tragen, sondern zusätzlich die Last der 300 Kilo schweren Verkleidung. Nach sechsjähriger Entwicklung und zehn Starts hatte die Europa 1 keinen einzigen Satelliten in den Orbit gebracht, und es war dieser missglückte Abwurf der Fairing, der am Ende das Aus für das gesamte Europa-Programm einleitete, weil die Politiker die Geduld verloren.

In den frühen Jahren der Raumfahrt traten Raumsonden zu den Planeten ihre Mission fast nie alleine an. Zu groß war die Gefahr des Scheiterns, der man mit Redundanz begegnen wollte. Und so sollte eigentlich auch die Raumsonde Mariner 4 nicht alleine zum Mars fliegen. In den Nachmittagsstunden des 5. November 1964 war schon Mariner 3 für die Reise zum Mars gerüstet. Ein 260 Kilogramm schwerer Roboter, baugleich mit seiner Schwestersonde Mariner 4. Konstruiert, um wissenschaftliche Messungen in der Nähe des Mars vorzunehmen, Fotos vom Roten Planeten zu schießen und sie zur Erde zu senden. Doch dann gab es da dieses Problem mit der Nutzlastverkleidung.

Fünfzehnmal kam die Atlas in der Version LVA 3A Agena D zum Einsatz. Vierzehnmal war sie erfolgreich. Nur einmal scheiterte sie, und das war ausgerechnet beim Start von Mariner 3. Es war der erste Einsatz einer Agena D für eine interplanetare Mission. Für die beiden Mariners hatte man eine ganz neue Nutzlastverkleidung konstruiert, eine Fairing aus Fiberglas. Sie war leichter und widerstandsfähiger als die Verkleidungen aus Aluminium, die bisher benutzt worden waren. Man hatte nur ein Problem unterschätzt: die Reibungshitze. Reibungshitze ist etwas, das die Raumfahrttechniker der 50er und 60er Jahre fürchteten. Allerdings nur bei der Landung. Beim Start, so war die einhellige Meinung, sei das kein großes Problem. Alle bislang verwendeten Materialien zeigten keinerlei Degradierung beim Aufstieg, und auch das neue Fiberglasmodell sollte die etwa 300 Grad Temperatur tolerieren können. Man hatte an alles gedacht. Allerdings nicht an die Innenverkleidung der Schutzhülle.

Beim Aufstieg erhitzte sich die äußere Hülle, hielt aber den Temperaturen wie vorgesehen stand. Die beiden Hälften der Verkleidung lösten sich wie geplant, und Mariner 3 wurde nach einem perfekten Start exakt auf seiner vorgesehenen Flugbahn ausgesetzt. Er überschritt die Fluchtgeschwindigkeit und entfernte sich stetig von der Erde. Er sendete sogar bereits Telemetriedaten zur Erde, meldete seine perfekte Verfassung und sollte nun beginnen, Antennen und Solargeneratoren zu entfalten. Doch nichts passierte. Die Raumsonde blieb das eng verschnürte Paket, als das sie in der Spitze der Rakete transportiert worden war.

Achteinhalb Stunden nach dem Start waren die Batterien erschöpft. Mariner 3 hatte keine Chance mehr, sie aufzuladen. Die Telemetriedaten und in aller Eile nachgestellte Versuche auf dem Boden ergaben schnell ein Bild der Ereignisse an Bord der Rakete. Demnach hatte sich die Hülle aufgeheizt wie vorausgesehen. Die Fairing hatte der Hitze gut standgehalten. Doch nur der äußere Teil. Die Innenabdeckung hatte sich aber gelöst und um die Raumsonde gelegt. Nachdem die Fairing in

120 Kilometern Höhe abgesprengt wurde, war die klebrige Masse in der Kälte des Weltraums augenblicklich erstarrt und hatte Mariner 3 mit einer zähen, undurchdringlichen Plastikfolie überzogen. Die Solargeneratoren und Antennen waren danach am Raumfahrzeug festgeschweißt und konnten partout nicht mehr bewegt werden.

Am 20. Juli 1965 passierte der tote Mariner 3 den Mars in großem Abstand, fest verschnürt als das Paket, das die Rakete freigegeben hatte.

Immerhin reichte die Zeit im Startfenster des Jahres 1965, um die Fehlerursache herauszufinden und die Innenverkleidung der Atlas-Fairing mit einem hitzebeständigeren Material zu versehen. In Rekordzeit – es standen nur vier Wochen zur Verfügung – wurde das Problem behoben, und am 28. November startete Mariner 4, die Schwestersonde von Mariner 3. Diesmal funktionierte alles einwandfrei.

FEHLSTARTS (4)

Der russischen Raumfahrt geht es nicht sonderlich gut. Um es milde auszudrücken. Eines der Sorgenkinder ist die Trägerrakete Proton. In den vergangenen gut zehn Jahren erlebte die Rakete bei insgesamt 89 Starts nicht weniger als neun glatte Fehlstarts und zusätzlich eine Reihe von Close Calls. Eine Zuverlässigkeitsquote von unter 90 Prozent ist heute in der internationalen Raumfahrt kaum mehr verkaufbar. Dabei ist die Proton eigentlich eine ausgereifte Rakete, die ihre Kinderkrankheiten längst hinter sich gelassen hat. Aber gegen menschliches Versagen ist auch sie nicht gefeit.

Eines der spektakulärsten Beispiele für Russlands Rücksturz aus dem Weltraum war der Crash einer Proton M am 2. Juli 2013. Um 4.38 Uhr mitteleuropäischer Zeit startete an diesem Tag der von Chrunitschew gebaute Träger und trat seinen nur wenige Sekunden kurzen Flug an. Die Rakete hob wie betrunken schlingernd vom Starttisch ab, vollführte zwei scharfe Kurven und drehte sich dann um 180 Grad. Mit bis zuletzt feuernden Triebwerken detonierte sie 37 Sekunden nach dem Verlassen der Startrampe zwei Kilometer von selbiger entfernt beim Aufschlag auf dem Boden. Die drei russischen Glonass-Navigationssatelliten an Bord wurden vollständig vernichtet, genauso wie die Rakete selbst.

Weil die Rakete über alle Stufen mit einer Treibstoffkombination arbeitet, die ziemlich toxisch ist, wurden die Insassen der umliegenden Gebäude zunächst angewiesen, Türen und Fenster geschlossen zu halten und die Häuser nicht zu verlassen. Die Anweisung konnte aber bald wieder aufgehoben werden, der Wind stand Gott sei Dank günstig. Weiteres Glück im Unvermögen: Neben Rakete und Nutzlast gab es keine weiteren Schäden. Die Startanlage, von der die Rakete abgehoben hatte, blieb unbeschädigt, ebenso wie die nur wenige Hundert Meter entfernte Nachbarrampe. Am Aufschlagort entstand allerdings ein Krater von erheblicher Größe. Man spricht von 200 Metern Durchmesser und 5 Metern Tiefe.

Der materielle Schaden war erheblich, aber mehr noch schadete der Unfall Russlands Reputation. In der Rangliste von Dingen, die eine Industrienation schlecht aussehen lassen, übertrifft nur wenig den Anblick einer Großträgerrakete, die voll betankt vor aller Augen und den Kameras der Welt in geringer Höhe auf Schlingerkurs geht und dann in einer gewaltigen Explosion detoniert. Die Europäer, denen im Juni 1996 Ähnliches passierte – seinerzeit allerdings beim ersten Testflug ihrer damals brandneuen Ariane 5 –, können ein Lied davon singen. Ich weiß nicht, wie viele Hundert Male ich seitdem die Ariane explodieren sah, wann immer irgendeine Dokumentationen über Raumfahrt im Fernsehen lief (neben den Bildern der Challenger-Katastrophe). Sie hat jetzt aber gute Chancen, in den nächsten zwanzig Jahren von der Proton von Rang eins der meistgezeigten Startfehlschläge verdrängt zu werden.

Die russische Raumfahrtbehörde Roskosmos setzte gleich nach dem Unfall eine Kommission für die Fehlerermittlung ein. Der Vermarkter von Proton-Starts für

Kunden aus aller Welt, International Launch Services (ILS), installierte eine eigene Arbeitsgruppe, um die Ergebnisse der Roskosmos-Kommission zu überprüfen. Das Misstrauen ist begründet, denn mehr als zwei Drittel aller Proton-Starts werden für ausländische Kunden durchgeführt.

Nach vier Wochen Arbeit gab die Kommission bekannt, dass der Absturz durch fehlerhaft installierte Lagesensoren verursacht worden war – sie seien verkehrt herum eingebaut worden. Weil sie gewissermaßen auf dem Kopf standen, hatten sie nie die Chance, richtige Werte an die Flugsteuerung der Rakete zu liefern.

Der Bau der Unglücksrakete war bei Chrunitschew im Dezember 2011 abgeschlossen worden. Sie wurde bis zum Mai 2012 eingelagert und dann nach Baikonur geliefert. Die fehlerhafte Installation der drei Lagewinkel-Sensoren, die Daten für die Kurskorrekturen der Rakete liefern, erfolgte am Mittwoch, dem 16. November 2011. Diese Montage erfordert erfahrene Techniker, denn der Arbeitsplatz ist nur über eine kleine Arbeitsluke zu erreichen und schlecht einzusehen. Um die Techniker beim Einbau zu unterstützen, gibt es an der Platine, auf der die Sensoren montiert werden müssen, zwei jeweils fünf Millimeter hohe Führungsstifte. Dort rasten die Geräte bei korrekter Ausrichtung ein. Allerdings ist es unter Ausübung brachialer Gewalt (und wahrscheinlich der Verwendung eines Hammers) auch möglich, die Geräte verkehrt herum in die Halterungen zu stopfen. Dann rastet zwar nichts ein, aber durch die Gewaltanwendung sind die Stifte derart verkeilt, dass sie sich trotzdem nicht mehr lösen können.

Man mag es kaum glauben, aber weder überprüfte jemand den Einbau der Einheit direkt bei der Montage noch nach der Fertigstellung des Trägers, was bei westlichen Firmen inzwischen Standard ist. Es fanden auch keine Funktionschecks statt, es gab lediglich eine Prüfung, ob die Stromleitungen funktionieren.

Praktisch jeder Fehlstart der letzten zehn Jahre geht auf das Konto einer unzureichenden Qualitätskontrolle und des unzureichend ausgebildeten und unterbezahlten Personals zurück. Die übliche russische Methode der »Ursachenbehebung«, nämlich einfach Spitzenmanager zu feuern, kam auch diesmal zur Anwendung. Bereits wenige Wochen nach dem Unfall rollten bei Chrunitschew die ersten Köpfe. Über eine mögliche Bestrafung von führenden Vertretern der Raumfahrtagentur Roskosmos werde noch entschieden, hieß es.

Auch auf politischer Ebene macht sich langsam Unruhe breit, besonders bezüglich eines auffallenden Phänomens: Obwohl die Proton in etwa 80 Prozent der Fälle für ausländische Kunden fliegt, ereignete sich die Mehrheit der Proton-Fehlschläge bei institutionellen Missionen. Bei fünf der neun Ausfälle waren staatliche Nutzlasten betroffen. Das kostete die russische Regierung insgesamt sechs Navigations- und drei Kommunikationssatelliten. Die Vermutung liegt nahe, dass die Firma Chrunitschew bei den gutbezahlten Aufträgen aus dem Ausland die Hard- und Software vorsichtshalber noch mal genauer durchsieht, aber bei den gerade mal die Herstellkosten vergütenden Regierungsaufträgen an personalintensiven Kontrollarbeiten spart.

PRIVATASTRONAUT
FINDET MONDAUTO WIEDER

Wer eine Sache für teures Geld erwirbt, hat gerne Gewissheit über deren Verbleib. Richard Garriott war sich in den letzten Jahren über den Standort einer von ihm erworbenen Mobilie nicht so ganz im Klaren. Doch dann konnte ihm die NASA helfen. Eine Organisation, die einst nichts von ihm wissen wollte. Verwirrend? Gut, fangen wir von vorne an.

Vor fast 45 Jahren, am 15. Januar 1973, landete die russische (seinerzeit sowjetische) Mondsonde Luna 21 im 55 Kilometer durchmessenden Krater Le Monnier. Nach dem Aufsetzen klappte das Landefahrzeug zwei Rampen nach unten, auf denen wenig später der 840 Kilogramm schwere Mondrover Lunochod 2 auf die Oberfläche rollte. Die nächsten vier Monate fuhr das Fahrzeug entlang des südlichen Kraterwalls, bevor es am 3. Mai 1973 etwas überraschend seinen Dienst quittierte.

Mit den Jahren legte sich der Mantel des Vergessens über dieses Relikt des sowjetisch-amerikanischen Wettrennens zum Mond.

Niemand wusste genau, wo Lunochod 2 denn nun gestrandet war. Dies hielt die Russen aber nicht davon ab, sich in den finanziell klammen Tagen nach dem Zusammenbruch der Sowjetunion ihres Oldtimers auf

137

dem Mond zu erinnern und den Rover (und seine Luna-21-Landestufe gleich mit) zum Verkauf anzubieten. Im Dezember 1993 wurden die Landesonde und das Mondauto vom New Yorker Auktionshaus Sotheby's versteigert. Das höchste Gebot kam von einem gewissen Richard Garriott, und so gingen insgesamt zwei Tonnen bester – wenn auch etwas abgelegen positionierter – sowjetischer Raumfahrttechnik für 68 500 Dollar in seinen Besitz über.

Nach dieser Randnote der Raumfahrtgeschichte geriet Lunochod 2 erneut in Vergessenheit. Bis Anfang März 2010. Da wurde er von der amerikanischen Raumsonde Lunar Reconnaissance Orbiter wieder aufgefunden. Ein Umstand, der naturgemäß das Interesse seines Besitzers weckte, vor allem aber auch das öffentliche Interesse *an dem* Besitzer.

Der ist nun nicht gerade irgendwer. Er ist zunächst der Sohn des US-Astronauten Owen Garriott. Garriott senior absolvierte eine 60-Tage-Mission auf der ersten US-Raumstation mit der Bezeichnung Skylab ziemlich genau zu der Zeit, als sich Lunochod 2 zum letzten Mal aus dem Krater Le Monnier meldete. Garriott junior wäre gerne in die Fußstapfen seines Vaters getreten, die NASA winkte jedoch ab. Aus medizinischen Gründen. Seine Augen seien zu schlecht für einen Raumflug, meinten sie, Astigmatismus habe im US-Astronautencorps nichts zu suchen.

Das konnte Richard Garriotts Raumfahrtbegeisterung jedoch nicht bremsen. Er wurde ein erfolgreicher Entwickler von Videospielen und brachte es dabei zu beträchtlichem Reichtum. Einem so großen Reichtum, dass er der russischen Raumfahrtagentur 30 Millionen Dollar dafür bezahlen konnte, dass sie ihn im Oktober 2008 in einer Sojus-Raumkapsel zur Internationalen Raumstation mitnahm. Er war der sechste Privatastronaut weltweit, der auf eigene Kosten in den Orbit flog.

Die Auswertung der Bilder des Lunar Reconnaissance Orbiters ergab, dass Lunchod 2 seinerzeit etwa 40 Kilometer auf der Oberfläche des Erdtrabanten zurückgelegt hatte. Das ist bis heute die zweitweiteste Fahrstrecke auf einem fremden Himmelskörper. Nur der Mars-Rover Opportunity der NASA hat eine größere Distanz zurückgelegt, und das immerhin auf dem fernen Planeten Mars. Zum Vergleich: Die Moon-Buggys der Apollo-Missionen 15, 16 und 17 wurden von ihren Besatzungen jeweils etwa 20 bis 25 Kilometer weit gefahren.

Die Lunochod-Rover erhielten ihre elektrische Energie von Solarzellen. In der vierzehntägigen Mondnacht gab es somit keinen Strom, das Fahrzeug wurde abgestellt. Damit die Instrumente und Bordsysteme in dieser Zeit nicht einfroren, wurden sie mit einem Radioisotopen-Generator beheizt, betrieben mit Polonium 210.

Ganz genau wurde das Problem, wegen dem Lunochod 2 seinen Dienst einstellte, nie geklärt. Frühere Quellen behaupten, dass das Fahrzeug in einen Krater gefahren sei. Durch die Abschattung der Solargeneratoren und den daraus resultierenden Energiemangel sei die Mission zu einem Ende gekommen. Die zweite Theorie besagt, dass Lunochod 2 durch den Fahrbetrieb immer mehr mit Staub bedeckt wurde, wodurch sich das (nun stetig dunkler werdende) Fahrzeug immer stärker aufheizte und schließlich wegen Überhitzung seinen Geist aufgab.

Einiges spricht für letztere Version. Auf dem Lunar-Reconnaissance-Orbiter-Bild ist jedenfalls kein signifikanter Krater am letzten Standort von Lunochod 2 zu erkennen. Das Fahrzeug steht in offener Landschaft. Dennoch scheint das Vehikel aber kurz vor seinem Ende einen kleinen Krater erkundet zu haben, denn es führt eine Spur dorthin, aber dann auch wieder zurück.

Um ganz sicher zu gehen, was seinerzeit mit Lunochod 2 passiert ist, müsste man das Fahrzeug wohl direkt vor Ort unter die Lupe nehmen. Garriott selbst sieht durchaus Chancen dafür, diese Überprüfung noch persönlich vornehmen zu können, auch wenn er inzwischen nicht mehr der Allerjüngste ist. Dabei setzt er all seine Hoffnungen in die private Raumfahrt, denn die mäkelt wenigstens nicht an seinem Astigmatismus herum.

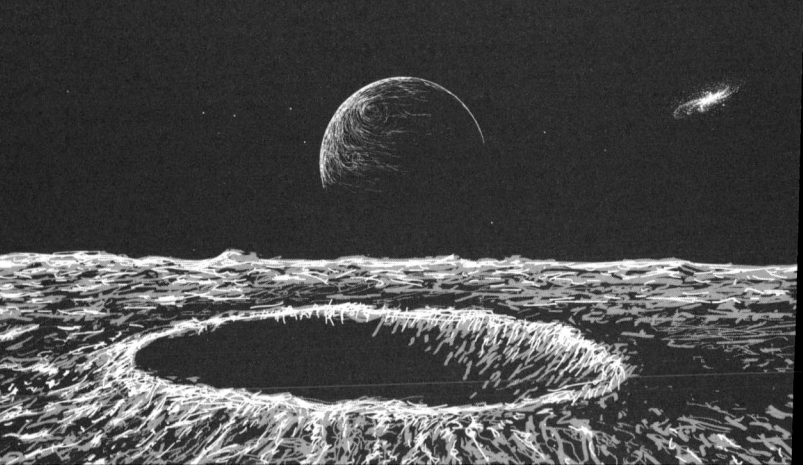

WARUM ZUM TEUFEL FLÜSTERN WIR?

Die Bilder und Filme, welche die ersten zwölf Mondforscher angefertigt haben, sind in das Kulturgut der Menschheit eingegangen. Diese unerschrockenen Männer durchwanderten die flachen Ebenen des Mare Tranquillitatis und des Mare Procellarum ebenso wie die hügeligen Ausläufer des Fra-Mauro-Hochlandes, die Grabenkante der Hadley-Rille, die Ebene des Descartes-Hochlandes und ein enges Tal an den Flanken des Taurus-Littrow-Gebirges.

Ihre Geschichten werden bis heute in allen Medien stets aufs Neue erzählt. Doch befassen sich diese Geschichten fast nie mit den profanen Dingen des Lebens auf dem Mond. Aber wenn wir jetzt erstmals über eine dauerhafte Mondsiedlung, das »Moon Village«, nachdenken, wenn wir nicht nur kurze Stippvisiten zum Mond unternehmen, sondern dorthin fliegen, um zu bleiben, dann müssen wir diese Aspekte des menschlichen Lebens stärker in den Mittelpunkt rücken. Dann wird es nicht nur darum gehen, wie wir Mineralien sammeln, Ressourcen abschöpfen und Forschung betreiben. Dann geht es auch darum, wie wir unsere Freizeit dort verbringen, wie wir essen und trinken, wie wir uns waschen, wie wir auf die Toilette gehen. Und wie wir dort schlafen.

Wie haben es die Apollo-Astronauten geschafft, sich in der ungemein beengten Mondfähre auszuruhen und zu schlafen? Umgeben zum einen von der absoluten Stille des Alls und zum anderen von den summenden, klappernden und leuchtenden technischen Elementen ihres kleinen Raumfahrzeugs. Mit der Gewissheit, dass sie, während sie hier zu schlummern versuchten, die einzigen Lebewesen in dieser tödlichen, luftlosen und einsamen Welt waren.

Es stand von Anfang an fest, dass jede Apollo-Landecrew mindestens eine »Erdnacht« auf der Mondoberfläche verbringen würde. Es stand ebenfalls fest, dass die erste Landemission die kürzeste von allen sein würde. Aber selbst sie würde einen Aufenthalt von 22 Stunden umfassen. Für die nachfolgenden Missionen der H-Serie – Apollo 12, 13, 14 und 15 – plante man 33 Stunden Aufenthalt und jeweils zwei Außenbordmanöver (in der NASA-Sprache EVA genannt, was für Extra Vehicular Activity steht). Für die Flüge der J-Serie – Apollo 16, 17, 18 und 19 – waren drei (Erd-)Tage vorgesehen, mit je einer »Mondexkursion« an jedem dieser Tage.

Als im September 1970 das Apollo-Programm zusammengestrichen wurde, fielen die Missionen 18 und 19 dieser Kürzung zum Opfer. Danach plante man, als kleinen Ausgleich, auch Apollo 15 als Mission der J-Serie durchzuführen. Was deren Crew eine Aufenthaltsdauer von drei Tagen auf dem Mond bescherte.

Mit dieser Information wusste jede Besatzung, dass sie in der ungemein engen Kabine des Lunar Landers ein- bis dreimal übernachten musste. Aldrin verglich in seinen Memoiren »Men from Earth« deren Aussehen und Dimensionen mit den zahlreichen Ecken und Kanten, den ganzen freiliegenden Leitungen und den vielen Schaltern und Anzeigen mit der Führerkabine einer Diesellok. »Die Verkleidungspaneele waren den rigorosen Gewichtsrestriktionen zum Opfer gefallen«, berichtete er, »alle Kabelstränge und Rohre lagen offen. Wo immer man hinsah, gab es Nieten, Schrauben, Muttern, Anzeigeinstrumente, Schalter aller Art und Form und Steuergriffe. Das Innere der Zelle war mit einer feuerfesten, stumpfgrauen Farbe besprüht.«

Die ursprüngliche Planung sah vor, dass die Apollo-11-Landecrew bald nach dem Aufsetzen eine Schlafperiode einlegen und erst danach ihre Außenbordaktivität beginnen sollte. Nach dem Aufsetzen waren die Post Landing Checks durchzuführen, was ungefähr zwei Stunden in Anspruch nahm, danach war eine Essenspause von 35 Minuten geplant und anschließend eine vierstündige Schlafphase. Erst dann sollten Armstrong und Aldrin als erste Menschen einen anderen Himmelskörper als die Erde betreten.

Aldrin meinte dazu: »Wer auch immer diesen Plan ausgearbeitet und genehmigt hat, er hat nicht die leiseste Ahnung von Physiologie und Psychologie. Wir waren gerade in einem der haarsträubendsten Manöver in der Geschichte der Astronautik als erste Menschen auf dem Mond gelandet. Wir waren bis obenhin vollgepumpt mit Adrenalin. Wenn uns jetzt jemand erzählt hätte, wir sollten erst mal eine Runde schlafen, wäre das gewesen, wie wenn man einem Kind an Heiligabend vor der Tür mit den Geschenken erklärt, dass es sich jetzt ins Bett legen soll.«

Armstrong und Aldrin waren sich darüber schon im Vorfeld im Klaren gewesen. Und so hatten sie in den Wochen der Flugvorbereitung mit den Missionsplanern die Möglichkeit durchgesprochen, wie man den Ausstieg vorverlegen konnte. Tatsächlich berief sich Armstrong gleich nach der Landung auf diese Besprechung, sagte die Schlafperiode ab und begann sofort, die Außenbordaktivität vorzubereiten. Houston blieb nichts anderes übrig als zuzustimmen.

Einige Stunden später waren sie wieder zurück, nahmen ihre Rückentornister mit dem Lebenserhaltungssystem ab und schlossen ihre Anzüge an die Versorgungseinrichtungen der Landefähre an. Sie entsorgten Tornister, Überschuhe und anderes Gerät, das sie nicht mehr brauchten, indem sie es einfach durch die offene Luke auf die Mondoberfläche hinunterwarfen. Danach aßen sie ein paar Würstchen, tranken Fruchtsaft und machten sich für die Ruhephase bereit.

Aldrin versuchte, sich auf dem Boden unter dem Instrumentenpanel auszustrecken. Dafür blieb ihm ein Platz von etwa 70 Zentimetern Tiefe, den er mit seinem Raumanzug praktisch vollständig ausfüllte. Der Fußraum war aber nicht lang genug, um sich in voller Länge ausstrecken zu können. Er musste deshalb, so gut das eben ging, eine halb-fötale Stellung einnehmen.

Armstrong lag im rechten Winkel zu ihm auf der Abdeckung des Aufstiegstriebwerks. Die Tiefe der Kabine betrug an dieser Stelle etwa 2,1 Meter. Allerdings konnte die nicht in voller Länge ausgenutzt werden, denn Armstrong durfte nicht mit den Füßen an das Instrumentenbrett stoßen. Damit seine Beine fixiert waren und nicht auf Aldrin heruntersackten, hatte er sie in eine behelfsmäßige Schlinge gesteckt und unter dem Instrumentenbrett festgekeilt. Der Kopf lag auf einer Ablage hinter der Triebwerksabdeckung. Diese Nacht vom 22. auf den 23. Juli 1969 war alles andere als eine erfreuliche Erfahrung. Die Glykolpumpen gluckerten laut vor sich hin, die Ventilatoren brummten und summten, die Struktur der Fähre knackte und knisterte aufgrund des thermischen Stresses, dem sie durch die Temperaturen auf dem Mond ausgesetzt war, und verhinderten jeglichen Schlaf der Astronauten.

Besonders erschwert wurde das Unterfangen durch die Tatsache, dass beide nach wie vor ihre unförmigen Raumanzüge trugen, einschließlich der Helme und Handschuhe. Diese »Sicherheitsmaßnahme« hatten sich die Missionsplaner für die erste Mondlandung ausgedacht, um zu verhindern, dass die Astronauten möglicherweise den Mondstaub, der an ihren Anzügen anhaftete, einatmeten. So konnten sie die gefilterte Luft aus dem Lebenserhaltungssystem des Lunar Lander verwenden, mit dem sie durch eine Nabelschnur verbunden waren. Und letztendlich hatte man auch gehofft, dass ihr Schlaf vielleicht ruhiger wäre, so eingemummelt im Raumanzug.

Armstrong und Aldrin hatten Jalousien an den Fenstern heruntergezogen, um sich von der blendend hellen Mondoberfläche abzuschatten. Allerdings sank die Temperatur danach schnell auf etwa 16 Grad ab, es wurde recht frisch in der Kabine. Und es war auch nicht richtig dunkel, weil immer noch viel Licht durch die Fenster kam, ebenso von den vielen Anzeigegeräten, die sich nicht dimmen ließen. Das Rendezvous-Fenster (eigentlich die Luke zum Dockingtunnel als Verbindung zum Mutterschiff, solange das Landemodul mit ihm verbunden ist) direkt über Armstrongs Kopf hatte keine Jalousie. Hier schien hell die Erde herein. Alles in allem war es ein nicht enden wollender Kampf, tatsächlich Ruhe und Schlaf zu finden. Diesen Kampf verloren die Astronauten glatt.

Es zeigte sich allerdings, dass in der geringen Schwerkraft von einem Sechstel der Erdanziehung das Tragen des Raumanzuges nicht so unbequem war, wie man befürchtet hatte. Aldrin meinte dazu: »Es ist recht komfortabel. Wie ein eng sitzender Schlafsack, solange es nicht an irgendeiner Stelle drückt, was wegen der geringen Schwerkraft aber kaum vorkommt. Mit dem Kopf im Helm, der auf der inneren Hinterseite ein Polster hat, kann man eine bequeme Position einnehmen. Und sogar mit dem Kopf draußen geht es leicht. Man braucht sich keine Gedanken zu machen, wogegen man ihn lehnt. Der Kopf wiegt so wenig, dass er praktisch auf jeder beliebigen Unterlage bequem aufliegt.«

Vier Monate später verbrachten Charles Conrad und Alan Bean in der ersten der H-Missionen (Apollo 11 war die einzige Mission vom G-Typ) 33 Stunden auf der Mondoberfläche und verließen dabei den Lander zweimal für jeweils vierstündige Exkursionen. Die Crew von Apollo 12 plante als Erste, zum Schlafen die Raumanzüge auszuziehen, aber am Ende erlaubten es die Umstände dann doch nicht. Ähnlich wie bei Armstrong und Aldrin hätten auch sie unmittelbar nach der Landung eine Schlafpause einlegen sollen, und genau wie ihre Vorgänger entschieden sie sich, das bleiben zu lassen. Als sie nach ihrem ersten Ausflug wieder in die Kabine zurückkehrten, behielten sie zwar ihre Anzüge an. Sie legten aber immerhin die Helme und die Handschuhe ab. Sie verwendeten auch als Erste die Kunststoff-Hängematten, welche die NASA für diesen Zweck konstruiert hatte. Zusammen mit Decken, Isomatten und Klettbändern war die Schlafposition jetzt deutlich bequemer als für die Apollo-11-Crew. Alan Bean entfaltete seine Hängematte quer unterhalb des Instrumentenbretts knapp über dem Boden und legte sich hin. Der Kommandant zog sich, während der Pilot sein »Notlager« aufbaute, auf die Triebwerksabdeckung zurück und schlug dann seinerseits die Hängematte auf, die in halber Höhe in der Kabine hing.

Conrad beschrieb das Schlafen im Raumanzug als so gemütlich wie im Körperpanzer eines American-Football-Spielers. Ähnlich wie bei Armstrong und Aldrin war auch die Nachtruhe seiner Crew alles andere als erholsam. Bei Conrad war Kühlwasser aus dem Anzug in die Schuhe gelaufen. Der rechte Fuß war in eine ungünstige Position geraten. Dadurch wurde der Anzug auf dieser Seite irgendwie zu kurz, zog permanent in Richtung Füße und erzeugte eine Dauerspannung an der Schulter. Schließlich weckte er Alan Bean, der sowieso nur döste. Bean bedauerte es später, nicht ein leichtes Schlafmittel genommen zu haben. Das hätten sie dabeigehabt. Selbst das Dösen gelang Conrad nur, weil er eine Kassette mit den Songs der Countrysängerin Patsy Cline im Gepäck hatte, die nun wohltuende Dienste leistete.

Die nächste Landung auf dem Mond erfolgte erst 15 Monate später, denn Apollo 13 erlebte im Februar 1971 seine berühmt gewordene Havarie. So waren die Astronauten von Apollo 14 die nächsten Raumfahrer, die den Erdtrabanten betraten und eine unkomfortable Nacht in ihrer Mondfähre verbrachten, immerhin umgeben von der erhabenen Stille des Fra-Mauro-Hügellandes.

Nachdem sie ihre erste Außenbordperiode absolviert hatten, wieder in der Kabine zurück waren und die gesamten Post-EVA-Aktivitäten absolviert hatten, begann für Alan Shepard und Edgar Mitchell der Kampf um etwas Schlaf. Erst verstauten sie ihre Überschuhe auf der linken Seite der Kabine, danach nahmen sie die Helme ab, platzierten den einen auf dem Boden, den anderen auf der Abdeckung des Aufstiegstriebwerks und begannen, ihre Hängematten in der engen Kabine auszubreiten.

Im *Apollo Lunar Surface Journal* kommentierte Mitchell dazu: »Man erinnere sich: Wir waren ja nach wie vor in den Anzügen, in denen noch das Kühlwasser zirkulierte und die Luft strömte. Beim Aufbauen der Hängematten mussten wir in der engen Kabine sehr genau darauf achten, dass wir alles richtig machten. Beispielsweise musste die Versorgungsleitung aus dem Raumanzug ungestört und ungeknickt zum Umweltkontrollsystem der Landefähre laufen, wo es angeschlossen war. Wenn man sich da verhedderte oder auf der falschen Seite der Leitung war, hatte man echt ein Problem. Deshalb mussten wir ein sorgsam choreographiertes Elefantenballett vollführen, um alles zur richtigen Zeit am richtigen Platz zu haben.«

Keiner von den beiden griff auf Ohrstöpsel zurück. Sie wollten jeden Ton hören und sich anbahnende Gefahren bereits durch akustische Warnhinweise wahrnehmen können. Unter diesen Bedingungen war das Schlafen beinahe unmöglich. Shepard hatte das permanente Gefühl, zu wenig Platz zu haben. Die Luft zischte aus der Klimaanlage. Und Mitchell schob immer wieder die Jalousie hoch, um rauszusehen. Das lag daran, dass die Mondfähre Antares in einer Schräglage von acht Grad nach vorne gelandet war. Jede Bewegung im Inneren erzeugte bei den beiden das Gefühl, dass die Fähre gleich vornüberkippen würde. Bei einer Gelegenheit kletterte Shepard aus seinem Schlafsack und fiel prompt auf seinen Kameraden. Mitchell berichtete, dass das Gefühl des Kippens im Stehen nicht so stark bestand. Sobald man aber lag, war es sehr ausgeprägt. Nach seiner Rückkehr meinte Mitchell beim Debriefing: »Wären wir am maximalen zulässigen Winkel (von 15 Grad) gelandet, wäre es unmöglich gewesen, in der Fähre zu arbeiten und zu schlafen.«

Mehrmals erwachten die beiden Männer auch aus ihrem leichten Schlaf, weil sie durch das Stöhnen und Knistern des Metalls, das sich unter den thermischen Stresswirkungen der schwankenden Temperaturen auf dem Mond ausdehnte und zusammenzog, geweckt wurden. Diese Geräusche sorgten, zusammen mit dem Zischen der lebenserhaltenden Maschinerie, für eine besonders unheimliche Geräuschkulisse. Dabei ergab sich einmal folgender Dialog:

»Ed? Hast du das gehört?«, flüsterte Shepard.

»Teufel, ja, ich hab's gehört.«

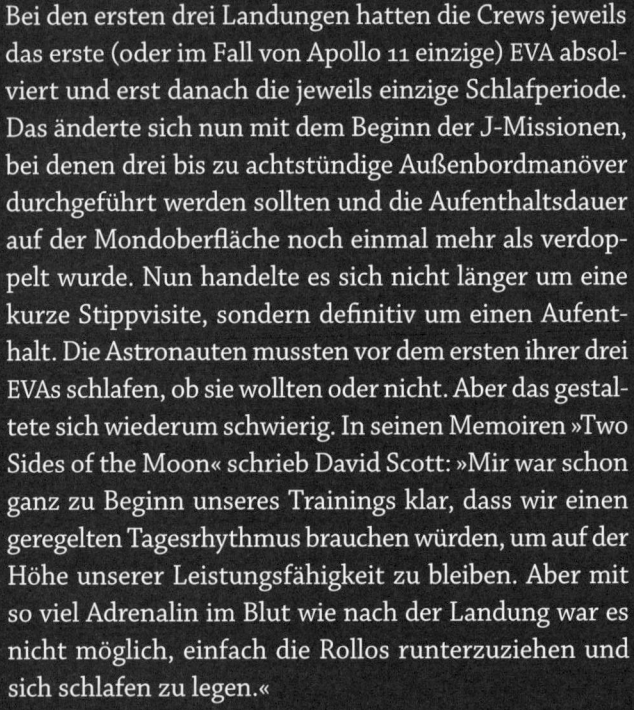

»Was zur Hölle war das eben?«

»Keine Ahnung.«

Ein paar Sekunden vergingen. Dann:

»Ed?«

»Was gibt's?«

»Warum zum Teufel flüstern wir?«

Bei den ersten drei Landungen hatten die Crews jeweils das erste (oder im Fall von Apollo 11 einzige) EVA absolviert und erst danach die jeweils einzige Schlafperiode. Das änderte sich nun mit dem Beginn der J-Missionen, bei denen drei bis zu achtstündige Außenbordmanöver durchgeführt werden sollten und die Aufenthaltsdauer auf der Mondoberfläche noch einmal mehr als verdoppelt wurde. Nun handelte es sich nicht länger um eine kurze Stippvisite, sondern definitiv um einen Aufenthalt. Die Astronauten mussten vor dem ersten ihrer drei EVAs schlafen, ob sie wollten oder nicht. Aber das gestaltete sich wiederum schwierig. In seinen Memoiren »Two Sides of the Moon« schrieb David Scott: »Mir war schon ganz zu Beginn unseres Trainings klar, dass wir einen geregelten Tagesrhythmus brauchen würden, um auf der Höhe unserer Leistungsfähigkeit zu bleiben. Aber mit so viel Adrenalin im Blut wie nach der Landung war es nicht möglich, einfach die Rollos runterzuziehen und sich schlafen zu legen.«

Bei dieser Mission gab es allerdings eine Besonderheit, die das Schlafen ein wenig leichter machte. Es kam nämlich zum einzigen sogenannten Stand-up-EVA des Programms, bei dem der Astronaut sein Raumfahrzeug nicht vollständig verlässt. Dazu stieg Scott bald nach der Landung auf die Triebwerksabdeckung und öffnete über sich die Luke zum Dockingtunnel. Hier, vom Dach der Landefähre und mit dem Oberkörper im »Freien«, schaute er hinaus auf die Mondoberfläche und machte eine Reihe von 360-Grad-Panorama-Aufnahmen. Das genügte, um Blutdruck und Adrenalin wenigstens etwas herunterzufahren. Dann aßen die beiden etwas, und als erste Landecrew zogen sie nun ihre Raumanzüge und die wassergekühlte Spezialunterwäsche aus, um sich schlafen zu legen.

Schon die schiere Länge ihres Mondaufenthaltes gebot ein solches Vorgehen. Die NASA und ihre Astronauten mussten in den sauren Apfel beißen, obwohl das Ablegen der Anzüge neue Probleme mit sich brachte. Was bei einer oder zwei Außenbordaktivitäten vielleicht gerade noch angehen mochte, war bei drei Tagen Aufenthalt und jeweils bis zu acht Stunden langen EVAs nicht mehr zu machen. Der Erschöpfungsfaktor war einfach zu groß. Sie mussten sich von ihren Anzügen befreien können, um auf eine akzeptable Menge Schlaf zu kommen, Stuhlgang haben zu können und andere Dinge mehr, die notwendig sind, damit die Leistungsfähigkeit über einen längeren Zeitraum nicht abnimmt.

Während des Trainings im Lunar-Module-Simulator am Kennedy Space Center hatten Scott und Irwin nach Aussage von Scott eine »lausige Nacht« in der Trainings-Mondfähre zugebracht. Aber auf dem Mond fühlte sich das Liegen in den Hängematten wegen der geringen Schwerkraft sehr viel komfortabler an. Scott meinte: »Mit dieser Sinfonie mechanischer Geräusche im Hintergrund, den laufenden Pumpen und den Ventilatoren, stopften wir unsere Ohrstöpsel rein und hatten es dann in dieser ersten Nacht auf dem Mond richtig gemütlich.« Irwin seinerseits erinnerte sich in seiner Autobiografie: »Diese Hängematten fühlten sich wie Wasserbetten an, und wir waren leicht wie eine Feder. Diese erste Nacht war eindeutig die beste unserer drei Übernachtungen auf dem Mond.«

Das ist nur zu verständlich, denn die beiden anderen Nächte verbrachten sie in dem engen Raum zusammen mit einer Menge Mondstaub, den sie von draußen mit den Gesteinsproben und den verschmutzten Raumanzügen hereingebracht hatten. Dabei waren es weniger der Staub und die Steine an sich, die sie störten, sondern der durchdringende Geruch nach Schießpulver und die Reizung der Schleimhäute, die der Staub verursachte. Das Problem mit dem Schmutz hatte man bei den vorausgegangenen Landungen schon erkannt, aber mit den begrenzten Mitteln und dem Platzmangel vor Ort war dem nicht leicht beizukommen. Der Plan sah bei Apollo 15 so aus, dass die beiden Astronauten zunächst im Raumanzug in einen großen Kleidersack steigen sollten, dort ihren Anzug auszogen, aus dem Sack herausstiegen und ihn bis zum nächsten Morgen gut verschlossen. Die dreckigen Anzüge wurden im Kleidersack hinter der Triebwerksabdeckung verstaut. Die Handschuhe blieben dabei dran, um die Dichtungen vor Staub zu schützen und sie auch tatsächlich dicht zu halten.

Die beiden Astronauten hatten aber noch ein anderes Problem, wie Irwin berichtete: »Dave und ich sind beide Schnarcher. Wobei ich wahrscheinlich noch lauter schnarche als er. Somit gab es zwischen uns noch einen täglichen kleinen Wettstreit: Jeder von uns wollte als

Erster einschlafen, bevor der andere mit dem Schnarchen begann.«

Die nächste J-Mission war Apollo 16 mit Kommandant John Young und dem Landefährenpilot Charlie Duke. Auch sie mussten erst eine Schlafpause absolvieren, bevor sie mit der ersten ihrer drei Exkursionen beginnen konnten. Die beiden Männer verstauten ihre Raumanzüge und die Helme, wie schon von den Kollegen zuvor praktiziert, hinter der Triebwerksabdeckung, spannten die Hängematten auf und legten sich hin. Die beiden fielen fast sofort in einen tiefen Schlaf und verbrachten wahrscheinlich die effizienteste Ruheperiode aller Astronauten auf dem Mond. Charlie Duke hatte allerdings – gewarnt von den Berichten seiner Vorgänger – eine Schlaftablette genommen. Nach seinen eigenen Worten schlief er »wie ein Stein«.

Acht Monate später, im Dezember 1972, landeten Gene Cernan und Jack Schmitt als letzte Mondfahrer des Apollo-Programms im Tal von Taurus-Littrow. Auch sie hatten drei EVAs zu absolvieren und Schlaf entsprechend nötig. Besonders für den 1,83 Meter großen Gene Cernan war das ein Problem. In seiner Autobiografie »The last Man on the Moon« berichtete er: »Mein Füße erreichten fast das Instrumentenpanel, und ich musste höllisch aufpassen, keine Schalter umzulegen. Mein Gesicht schaute nach oben zum Dockingtunnel, und die Anzüge drückten mir in den Rücken. Verdammt, war dieses Ding klein.« Er lag hellwach und hörte die Geräusche des Lunar Landers, die nur gelegentlich durch eine Niesattacke von Jack Schmitt im Schlafsack unter ihm unterbrochen wurden, der auf den Mondstaub ziemlich allergisch reagierte. In diesen drei Nächten zog er oft die Jalousie nach oben und schaute auf den Mond hinaus, der im ungefilterten Sonnenlicht fast weiß erschien. »Es war eine schaurige Stille da draußen«, schrieb er viele Jahre später. »Keine Brise, keine Regentropfen, keine Grillen und keine Frösche, noch nicht einmal Luft. Mit jeder Stunde, die ich auf dem Mond verbrachte, wuchs das Gefühl des absoluten Nichts.«

Wie seine Kollegen fand auch Jack Schmitt die Gravitation von nur einem Sechstel der Erdschwerkraft sehr angenehm. Sein Eindruck war, dass dadurch jede vermeintliche Anstrengung zur Leichtigkeit wurde. Und er fand, dass man mit fünf Stunden Schlaf auf dem Mond genauso viel Kraft schöpfen konnte wie mit sieben oder acht Stunden auf der Erde.

Manchmal, wenn er wach in seiner Hängematte lag, wurde Cernan die ganze Ironie seines Tuns bewusst. Da draußen, nur einen Meter von ihm entfernt, wartete eine ganze Welt darauf, erforscht zu werden. Und er baumelte hier herum, in seiner wassergekühlten Unterwäsche, und versuchte zu schlafen.

Gene Cernan und Jack Schmitt verließen die Mondoberfläche am 14. Dezember 1972 kurz vor Mitternacht mitteleuropäischer Zeit. Kein weiterer Mensch betrat sie für den Rest des 20. Jahrhunderts. Selbst jetzt, im Jahr 2017, ist nicht absehbar, wann wieder Astronauten die außerirdische Erfahrung der lebensfeindlichen totalen Stille einer luftlosen Welt machen werden und gleichzeitig wissen, dass sie auf dieser ganzen Welt die einzigen lebenden Wesen sind, die dort Schlaf suchten.

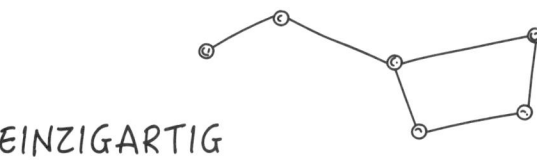

EINZIGARTIG

Anatoli Iwanischin verbrachte als Bordingenieur zwei Langzeitaufenthalte auf der ISS. Darauf hatte er lange warten müssen; ursprünglich war der russische Militärpilot als Kosmonaut zurückgestellt worden, weil er nach den damaligen Kriterien für die Sojus-Raumschiffe ein paar Zentimeter zu groß war. Als sich diese Kriterien änderten, wurde er zunächst Ersatzmann für mehrere Missionen, kam aber nicht zum Einsatz. Im November 2011 war es dann endlich so weit; im Juni 2016 folgte die zweite Mission.

Gefragt, was er empfunden habe, als er gegen Ende seines zweiten Raumfluges die Luke zwischen der Internationalen Raumstation und seinem Sojus-MS-01-Raumschiff schloss, antwortete Iwanischin: »Ich zögerte ein wenig, die Luke zu schließen, denn das Leben an Bord der Raumstation ist einzigartig. Sie bietet eine sehr zugewandte, sehr positive Umgebung von Menschen, die harmonisch und intensiv zusammenarbeiten. Wir kommen aus unterschiedlichen Ländern, wir sprechen unterschiedliche Sprachen, und trotzdem fühlen wir uns als eine einzige Crew. Man kümmert sich nicht besonders um das, was auf der Erde vorgeht. Erstens hat man keine Zeit dafür, und zweitens, fürchte ich, ist es wahrscheinlich ohnehin besser so.«

ZU GUTER LETZT: ABACHE TUNDE — NIGERIAS ERSTER ASTRONAUT

Ich vermute, die meisten Leser haben schon mal eine Mail der »Nigeria-Connection« erhalten. Es handelt sich dabei um eine Form von Vorschussbetrug, bei dem Fake-Institutionen, nicht existierende Adelige in Nigeria, erfundene Honoratioren und Politiker mit Personen in Westeuropa über Spam-Mails in Kontakt treten. Die Empfänger werden dazu gebracht, in Erwartung immenser Vermittlungsprovisionen gegenüber den Absendern finanziell in Vorleistung zu gehen. Die Masche an sich ist gar nicht so neu, tatsächlich gibt es das schon seit dem 16. Jahrhundert. Die Mails von damals waren natürlich klassische Briefe.

Wer schon jemals Opfer einer solchen Cyberattacke wurde und seinen Verstand halbwegs beisammen hat, wird sich an den meist fantasievoll zusammengestellten Briefen erfreuen. Sie verbinden fehlerhaftes Englisch, erlogene Fakten und dreiste Behauptungen zu verblüffenden kleinen Geschichten.

Einer der Kunstgriffe der nigerianischen Mafia ist es, die Empfänger gezielt in ihrem jeweiligen beruflichen und sozialen Umfeld anzusprechen. Den Bürgermeister mit den Nöten eines Sozialhilfeempfängers, den Industriellen mit günstigen Rohstoffen, den Banker mit hohen Renditen. Auch ich bekam eine solche Mail, und darin ging es, da ich in der Raumfahrtindustrie arbeite, um einen gestrandeten Astronauten. Ich habe mich bemüht, diesen an Dreistigkeit nicht zu überbietenden Abzockversuch so gut wie möglich zu übersetzen:

Betreff: Nigerianischer Astronaut möchte zurückkehren.
Dr. Bakare Tunde, Astronautics Project Manager
National Space Research and Development Agency
(NASRDA)

Sehr geehrte Herren,

BITTE UM UNTERSTÜTZUNG – STRENG VERTRAULICH
Ich bin Dr. Bakare Tunde, der Vetter des Nigerianischen Astronauten, Luftwaffenmajor Abache Tunde. Er war der erste Afrikaner im Weltraum und unternahm im Jahre 1979 einen geheimen Flug zur Raumstation Saljut 6. Er war bei einem weiteren sowjetischen Raumflug dabei, Sojus T-16Z, zur geheimen sowjetischen militärischen Raumstation Saljut 8T im Jahre 1989. Dort »strandete« er im Jahre 1990 bei der Auflösung der Sowjetunion. Seine beiden sowjetischen Crew-Kameraden kehrten in der Sojus T-16Z zur Erde zurück, aber sein Platz wurde für Fracht benötigt. Seither gab es gelegentliche Progress-Versorgungsflüge, um ihn am Leben zu erhalten. Er ist guter Dinge, möchte jetzt aber heimkommen.
In den 14 Jahren, in denen er sich seither in der Station befindet, ist sein Gehalt zusammen mit den Zinsen

auf einen Betrag von beinahe 15 000 000 amerikanischen Dollar* angewachsen. Diese Summe wird in einer Stiftung bei der Lagos National Savings and Trust Association verwaltet. Wenn wir Zugriff auf dieses Geld erhalten können, sind wir in der Lage, eine Vorauszahlung an die russische Raumfahrtbehörde für eine Rückholmission mit einer Sojus zu leisten. Man hat mir mitgeteilt, dass dies 3 000 000 amerikanische Dollar kosten wird. Um Zugriff auf diese Stiftung zu bekommen, benötigen wir jedoch Ihre Hilfe.

Infolgedessen sind meine Kollegen und ich bereit, den gesamten Betrag auf ihr Konto zu transferieren um die anschließende Auszahlung abzuwickeln, da wir als Staatsbeamte aufgrund der Vorschriften unserer Berufsordnungsbehörde (Beamtengesetz) keine ausländischen Konten in unserem Namen eröffnen oder betreiben dürfen. Unnötig zu sagen, dass die Verantwortung, die an dieser Stelle auf Ihnen ruht, enorm ist. Als Gegenleistung sind wir übereingekommen, Ihnen 20 Prozent der transferierten Summe anzubieten, während weitere 10 Prozent für unvorhergesehene Ausgaben (intern und extern) zwischen den Parteien im Zuge der Transaktion zur Seite gelegt werden. Sie werden rechtzeitig beauftragt, die verbleibenden 70 Prozent auf andere Konten zu transferieren.

Wir bitten Sie, die Angelegenheit bevorzugt zu behandeln, da wir im Zeitplan für die Vorauszahlung zurückliegen und noch in diesem Finanzquartal die Abschlagszahlung durchführen müssen.

---

* Der nigerianische Astronaut Abacha Tunde verdient damit mehr als zehnmal so viel wie ein US-Astronaut.

Bitte bestätigen Sie den Erhalt dieser Nachricht ausschließlich an meine persönliche Telefonnummer 234 (0) 9-234-XXXX.

Hochachtungsvoll, Dr. Bakare Tunde
Astronautics Project Manager
XXXX@nasrda.gov.ng
http://www.nasrda.gov.ng/

Übrigens: Eine nigerianische Weltraumbehörde dieses Namens existiert wirklich. Und klar: Wenn man sich schon so etwas leistet, dann soll es auch ein wenig nach NASA klingen. Es gibt weltweit 70 nationale Raumfahrtagenturen. Die NASRDA ist in ihrer Bedeutung eindeutig auf den untersten Positionen dieser Liste angesiedelt, in etwa auf einer Stufe mit den Raumfahrtagenturen von Litauen, Algerien oder Dubai, denn sie betreibt – offiziell – eigene Satelliten. Inoffiziell sieht es allerdings so aus, dass die nigerianische Weltraumbehörde außer einer ungemein amateurhaft gemachten, nahezu inhaltsfreien Webpage nicht sehr viel zu bieten hat. Die etwa zwei bis drei Satelliten Nigerias stammen aus europäischen und chinesischen Förderprogrammen, wurden der nigerianischen Regierung geschenkt und werden von chinesischen und europäischen Spezialisten von chinesischen und europäischen Kontrollzentren aus betrieben.

ISBN 978-3-359-01734-9

© 2017 Eulenspiegel Verlag, Berlin
Alle Rechte der Verbreitung vorbehalten. Ohne ausdrückliche
Genehmigung des Verlages ist nicht gestattet, dieses Werk oder
Teile daraus auf fotomechanischem Weg zu vervielfältigen oder in
Datenbanken aufzunehmen.

Umschlaggestaltung: Buchgut, Berlin
Printed in EU

Die Bücher des Eulenspiegel Verlags
erscheinen in der Eulenspiegel Verlagsgruppe.

www.eulenspiegel.com